U0826553

珠宝传奇

CHUANQI

中国地质大学出版社有限责任公司
ZHONGGUO DIZHI DAXUE CHUBANSHE YOUXIAN ZEREN GONGSI

图书在版编目(CIP)数据

珠宝传奇/刘道荣,肖秀梅编著.—武汉:中国地质大学出版社有限责任公司,2012.5

(非常宝贝系列)

ISBN 978-7-5625-2884-5

Ⅰ.①珠…

Ⅱ.①刘…②肖…

Ⅲ.①故事-作品集-世界

Ⅳ.①I14

中国版本图书馆 CIP 数据核字(2012)第 107506 号

珠宝传奇(非常宝贝系列)　　**刘道荣　肖秀梅　编著**

责任编辑:江楚　　选题策划:薛大桥　　责任校对:张咏梅

出版发行:中国地质大学出版社有限责任公司　　邮编码编:430074

(武汉市洪山区鲁磨路 388 号)

电话:(027)67883511　　传真:67883580　　E-mail:cbb @ cug.edu.cn

经销:全国新华书店　　http://www.cugp.cug.edu.cn

开本:787mm×960mm 1/16　　字数:127 千字　　印张:6.5

版次:2013 年 1 月第 1 版　　印次:2013 年 1 月第 1 次印刷

印刷:武汉中远印务有限公司

ISBN 978-7-5625-2884-5　　定价:30.00 元

如有印装质量问题请与印刷厂联系调换

前言

人类利用珠宝玉石历史悠久。史前时期，古人就知道用漂亮的石头装饰打扮自己，甚至认为一些珠宝能抵御邪气和抗拒险恶，能保护拥有者的安全和健康。我国先民很早就知道玉与石的区别，认为玉汇集了大地的灵气，是沟通天地的桥梁，是祭祀上苍不可缺少的宝物。为此，在人类历史的漫长岁月里，珠宝玉石留下了许许多多动人的故事和迷人的传说。长期以来，珠宝玉石只有达官显贵才能拥有，寻常百姓家很难见到。如今，社会有了巨大变化，人们生活水平大幅度提高，对珠宝玉石不再陌生，拥有几件珠宝玉石也很寻常。现在，人们更加渴望了解珠宝有关知识，了解珠宝的历史和传说，了解珠宝的种类与特征，了解珠宝的文化传承。为了满足读者这些方面的需求，本书特意挑选了历史上颇具传奇色彩的一些珍贵珠宝玉石进行了尽可能详细的介绍，比如和氏璧、传国玉玺、世界最大的“库里南”钻石、珍贵的“霍普”蓝色钻石、世界知名的祖母绿珍品、红蓝宝石珍品、珍珠珍品

等的发现、加工、经历和收藏等内容。

与此同时，还介绍了一些珍宝相关的知识，并对书中出现的专业词汇进行了简要的解释，以便于读者阅读。在本书编写过程中，编者参考了许多文献及网站，引用了部分文字和图片，在此我们表示深深的谢意。同时，还得到天津珠宝街同事们的帮助和支持，尤其得到中钢集团天津地质研究院院长敬成贵教授以及院里其他领导的支持，也在此表示衷心感谢。但愿本书对读者认识珠宝、了解珠宝有所帮助。由于编者水平有限，不妥之处敬请批评。

编　者

2012 年 2 月

目录

黄金有价玉无价

我们祖先对玉石的认识非常久远，在迄今大约万年的辽宁海城小孤山史前洞穴遗址中，考古发现一件旧石器时期的玉石砍斫工具。后来，在内蒙古敖汉旗兴隆洼遗址（兴隆洼文化，距今约八千年）、内蒙古赤峰市（红山文化，距今约六千年）出土了大量的玉器，显然这时期我们的祖先已经认识到玉与石的差异。从旧新石器时期演化进程的200多万年的漫长岁月里，古人认识和了解到玉石的温润、美丽及珍贵。东汉许慎在《说文解字》中说道“玉，石之美兼五德者”，五德即：坚韧的质地、晶莹的光泽、美丽的色彩、细腻温润的纹理、悠扬悦耳的声音。为此，先人们视玉有仁、义、智、勇、洁的君子美德，将玉拟人化对待，“君子比德于玉”。

各色和田籽玉

我国古代所指的玉，即包括软玉、岫玉、独山玉、绿松石、玛瑙等，也包括一些宝石（如水晶）。

软玉又称为和田玉，其成分主要为透闪石矿物集合体，含有少量的蛇纹石、石墨、磁铁等微量矿物质，一些致色金属元素使其呈青色、绿色，次生元素使其呈黑色、黄色等，为此又分有青玉、青白玉、碧玉、墨玉、黄玉等。和田玉质地细腻而温润，颜色均一，柔和如脂，它具有一种特殊的光泽，介于玻璃光

红色和田籽玉

泽、油脂光泽、蜡状光泽之间，可以称为玉的光泽，这种美显得十分高雅。而且和田玉质地非常坚韧，抗压能力可以超过钢铁。

独山玉因产于河南省南阳市的独山而得名，简称独玉，也称“南阳玉”。在大量使用和田玉以前，独山玉一直是古代玉料中的重要品种。元代“渎山大玉海”即是由独山玉雕琢而成。

和田籽玉拍卖

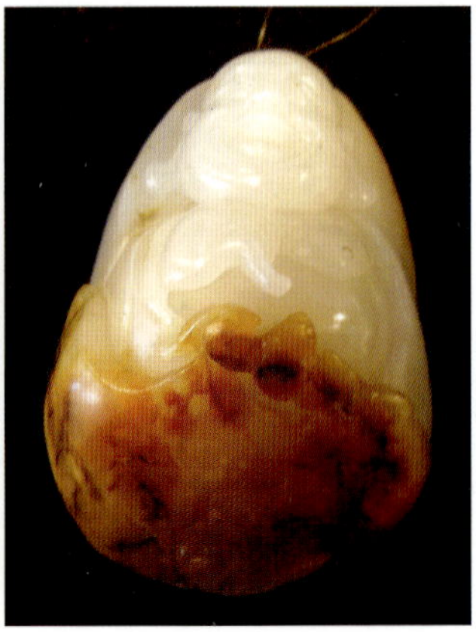
和田籽玉把件

岫玉因产于辽宁岫岩县而得名，又称岫岩玉。岫玉具有悠久的历史，距今 1 万年的旧石器时代的玉器“中华第一玉”就是岫玉。

琢玉大师们精密构思、精巧雕琢、巧夺天工的精美玉器将玉的美质充分显露出来，真的可以陶冶人的性情和品格。玉文化作为中国文明的一个重要组成部分，对中国五千年的文明史有着极其深远巨大的影响，历史上也留下许许多多精美的玉器珍品，这些玉雕艺术品闪耀着“东方艺术”的光辉，成为中华民族灿烂文化的组成部分，也代表了人类艺术史上的辉煌成就。

翡翠也是一种高档玉，它于清朝引入我国，是富含钠质的辉石类矿物集合体，硬度高，质地细腻而晶莹，在矿物学上称为硬玉。

碧玉料拍卖

价值 300 万元的翡翠平安扣

翡翠原料拍卖

和田玉

根据国家标准规定，现代称谓的“和田玉”是一种玉石种类，而不代表产地。也就是说，现在的和田玉既包括了新疆透闪石玉，又包括了青海透闪石玉、岫岩透闪石玉，甚至包括俄罗斯透闪石玉等。和田玉硬度为5～6，相对密度为2.95左右，折光率1.60～1.61。

华夏最古老玉龙的发现

宝贝档案

姓名：碧玉龙

身高：26厘米

体重：1千克

肤色：碧绿色

年龄：5000～6660岁

出生地：内蒙古翁牛特旗

在内蒙古翁牛特旗三星他拉村的北面有一座小山，它东西走向，西山头扬起，东面的山尾一直延伸到布日敦湖中。当地的百姓称之为龙脉山。1971年8月的一天，张凤祥在龙脉山南坡上修整土地，挖着挖着，他脚下的铁锹突然碰到了石头块，他用力地挖了几铁锹，蹲下来一摸，发现一个好像是人工砌成的石洞。他感到很奇怪，待他慢慢地把散落的石块拣干净后，发现在石洞的底部隐隐约约有一个东西，摸出来一看，原来是一块像钩子一样的东西，拿在手里沉甸甸的。他以为挖到的是一块废铁，就扔在一旁清理出来的石头堆上。后来他想，这块废铁要是卖到废品收购站还是能值几角钱，于是，在收工的时候，他就顺便把那块“废铁”拿回了家。

碧玉龙（红山文化）

龙形玉佩（春秋）

几天后，张凤祥见自己六岁的弟弟没什么玩具，就把扔在墙角像“铁钩子”的东西找出来，用一根绳子系着让小弟拖着在村子里四处玩耍。时间长了，“铁钩子”表层的泥土渐渐被磨去，

青白玉兽形玦（红山文化）

白玉龙（战国）

露出了润滑的光泽，“铁钩子”变成了“玉石钩子”。1972年，张家把这件“玉钩子”拿到了文化馆，时任副馆长的王志富见这东西很特别，用他一个月的工资买下了。

这件玉龙高26厘米，碧绿色玉质，表面有氧化白斑。身体呈蜷曲状，侧视如“c”字形，重一千克。玉龙的吻部前伸，嘴紧闭，有双鼻孔，双眼突起，呈梭子形，眼尾细长上翘，令人一看就可以感受到一种传神的力量。它的头部刻有细密的斜方格网状纹，颈脊雕有21厘米长的长鬃披向后背，中间有凹槽，边缘磨得锋利，尾端尖锐。龙的脊背上钻有一个小圆孔，经过试验，如果用绳子穿入小圆孔然后悬挂起来，龙的头、尾恰好处于同一个水平线上，其平衡度之精确让人吃惊。有一段时间，赤峰地区假玉龙泛滥，但是制假者在玉龙上打孔时总是无法拿准平衡点，只要用绳子一吊，假玉龙就会原形毕露。那么，5000多年前的先民，在落后的生产工具条件下，是如何做到钻孔、雕工精美而又平衡度如此精准呢！玉龙可能是悬挂在某处，作为求龙祈雨的神玉。此玉龙现藏于中国国家博物馆。

龙在中国人眼中是神圣的，是中国神话中的一种善变化、能兴云雨、利万物的神物。传说龙能隐能显，春风时登天，秋风时潜渊。龙为四灵（龙、凤、麒麟、龟）之首，又是皇权的象征，历代帝王都自命为真龙天子。古文曾记述龙有四种形态：有鳞者称蛟龙；有翼者称为应龙；有角者称虬龙；无角者称螭龙。中华民族是龙的传人，龙为帝王尊崇、万民敬仰，龙成为我国先人的图腾就是一种必然。时至今日，人们对龙的题材还非常喜欢。历史上出现的各种有关龙的艺术品非常多，有的也非常精美。但是，最让人震撼的是在内蒙古翁牛特旗红山文化遗址中发现的玉龙。这一史前玉龙的发现，表明翁牛特旗史前有着辉煌灿烂的历史。

史前祭祀期待龙的恩赐，帝王需要龙的威严，广大民众视龙为吉祥之物，为此，龙的形象就广泛出现在各种玉雕、石雕以及各种绘画、艺术品的题材中，这种神圣题材延绵数千年从未中断，但在历史进程中，玉龙雕琢也发生了许多变化。

玉龙（鸡骨白沁）（齐家文化）

青白玉蟠龙（商）

古代“赌石”第一人

素面璧（良渚文化）

玉璧（良渚文化）

在历代众多珍贵玉器中，最神秘的莫过于和氏璧了。

和氏璧的故事在民间流传甚广。相传，西周时代楚国人卞和看见一只凤凰落在荆山（位于今湖北省南漳县境内）的一块青石上。由于当时人们认为凤凰神鸟不落无宝之地，于是卞和认定那块青石中一定有宝玉，便将它献给当时的国君周厉王。谁知周厉王听信庸臣之言，不相信其是块美玉，并以“欺君之罪”砍断了卞和的左脚。后来卞和又将青石献给周武王，仍然没被赏识，还被砍断右脚。卞和万分痛心，在楚山之下哭了三天三夜，泪哭干后流出了血。此时，周天子已换成周文王。周文王知道这件事情之后，派人前去问道：“天下断脚

镂空玉璧（汉）

的人很多，怎么就你哭得这么伤心？”卞和回答说：“我不是伤心我的脚，我悲哀的是没有人能赏识我的宝玉。”文王闻听此言后，便命工匠剖开青石，果真是一块璀璨夺目、晶莹温润的美玉。后来，这块美玉被雕琢成了一件精美绝伦的传世玉璧，并命名为和氏璧。因和氏璧出自荆山，故后人又称之为“荆山玉”。世人皆知的“完璧归赵”也是与和氏璧有关的故事。秦统一中国之后，和氏璧落入秦国。秦始皇让宰相李斯把和氏璧做成皇帝玺，刻了“受命于天，既寿永昌”八个字。后来，玉玺代代相传，被称为国玺。

其实，玉璧在新石器时期就已出现了，最早的玉璧多是没有任何纹饰的素璧。在良渚文化遗址的一处墓葬中一次就出土20厘米以上的玉璧十多件。在四川广汉三星堆文化遗址中出土了更多、更大的玉璧，最大的直径超过70厘米，厚度达5厘米，形如石盘。商代也有素璧，在当时主要用于礼器。

玉璧是一种圆板形、片状、中部有孔的玉器，《尔雅》有“肉倍好谓之璧”的说法。肉即边，好即孔，边为孔径的两倍便是璧。在存世的古玉璧中，肉与好符合倍数关系的不多。《尔雅》中有“好倍肉谓之瑗、肉好如一谓之环”的说法。“环”、“瑗”属于璧类玉器，是一种特殊型璧。在古代，璧是一种重要玉器，使用年代之长、品种之多是其他玉器不能相比的。

玉璧的纹饰随着时代不同而有变化。商代璧多饰弦纹。春秋战国至汉代，玉璧为云纹、谷纹、蒲纹，间或有螭纹。汉代玉璧还常见有龙纹、鸟纹、凤鸟纹。唐、宋、元以后出现了凹雕螭纹、乳丁纹、兽面纹、花鸟纹装饰的玉璧。谷璧、蒲璧的使用一直延续到明清时代。

玉璧（汉）

早在战国及汉代时还出现了玉璜合拼璧、出廓璧、璇玑璧、椭圆形璧、连环璧等。镂空雕玉璧始于战国时代，流行于汉代。

璧之用途

璧有以下几种用途：一为礼器，周礼有“以苍璧礼天”之说。其二为佩玉，古称系璧。以璧为佩饰早在战国至汉代已普遍风行。其三用作礼仪馈赠之用品。其四是葬玉，已发掘的汉代大墓中都有众多的大璧出土。

双联璧（汉）

玉璧《宜子孙》(汉)

白玉螭纹璧（清）

错把玉琮当杠头

宝贝档案

姓名：玉琮王

身高：8.8 厘米

体重：6.5 千克

肤色：黄白色

年龄：约 5000 岁

出生地：浙江余杭

1986 年，浙江余杭反山 12 号墓出土了一件举世无双的玉琮，该玉琮高 8.8 厘米，宽 17.5 厘米，重达 6.5 千克。玉器有四面，每面以 4.2 厘米宽的竖槽一分为二，又以仅 0.1 厘米宽的三条横槽作分节。每节四面垂直凹槽内上下各有一组“人兽复合像”，共八组。人像的脸面作倒梯形，重圈为眼，宽鼻、阔嘴，头戴放射性羽毛纹帽，脸面和冠帽均是微凸的浅浮雕，双手叉腰，坐在兽上。兽面大目圆睁，有几分凶相，脚端有三爪。纹饰需借助放大镜方能仔细观察，其刻纹线条流畅，细如毫发，表现出距今近 5000 年前良渚文化的玉雕技艺所达到的极高水平。玉琮器形规整，厚薄均匀，再加上体大厚重，纹饰

玉琮王

神人兽面纹

也极为精美，所以被人们誉为“玉琮王”。玉琮上的“人兽复合像”又称“神徽”纹。

由于年代久远，而且文献记载不全，大约在西周之后就没有人知道玉琮的真正用途。乾隆皇帝非常喜欢玉琮，他经过研究后认为这是古人抬举重物时使用的一种辅助工具，俗称“杠头”，并将自己的见解作成诗，命工匠刻在玉琮上。这些玉琮有的被他用来做笔筒，有的加上铜胆和盖子用来插花。

多数专家认为玉琮之所以被做成方、圆相结合的式样，是因为古人认为天是圆的，地是方的，玉琮就是以圆代表天，用方代表地，是祭师与天沟通的一件重要法器。新石器时代遗址中玉琮很少见，常见的是良渚文化遗址中的玉琮，商代至战国玉琮制作逐渐减少，汉代以后几乎消失。良渚玉琮是立柱体玉器，玉琮的四个侧面是对称的八块长方形凸面。玉琮的中心是垂直的圆孔，外壁用均匀流畅的阴纹刻线极精致地勾勒出神秘的神徽图案，并以两段为一节，节与节之间有一条较深的凹槽，其高度少的仅一节，最多的有19节，高近50厘米。玉琮表面精美的浮雕刻线纹饰主要有人面纹、兽面纹、鸟纹及云雷纹，这些纹饰的文化内涵十分神奇，是羽人国的图腾。

玉琮（良渚文化）

白玉饕餮纹琮（良渚文化）

专家认为，良渚古国可能是蚩尤部落群中的羽人国。相传，蚩尤麾下有一支九黎族，九黎族中有一个将鸟兽当做祖先、崇拜鸟兽图腾的羽人国。在很多良渚玉器上有鸟兽图案图腾，人们推测良渚古国很可能就是属于蚩尤部落群中的羽人国。

高玉琮（良渚文化）

玉琮（良渚文化）

相传了1600余年的传国玉玺

公元前 222 年，秦王嬴政建立起中国历史上第一个封建王朝。此后，他命人将获取的“和氏璧”制成玉玺。据说这枚象征权力的玉玺“方四寸”，由丞相李斯书写，为“受命于天，既寿永昌”八个字，由著名玉匠孙寿镌刻。秦朝末年，刘邦率军攻入咸阳，秦君子婴将玉玺交给刘邦。此后，这枚玉玺就成为传国玺，历朝更迭，必求前朝传国玺。公元前1年，汉哀帝刘欣病死，幼帝登基，传国玺由皇太后代管。王莽篡位时派堂弟逼皇太后交出传国玺，无奈之下，皇太后气得将它扔在地上，说：“你们兄弟逆悖天理，不会有好下场！”经此一难，传国玺被砸掉一角，王莽命玉匠用黄金镶饰。东汉初年，传国玺才重回宫内。汉灵帝时，董卓作乱，孙坚率军攻入洛阳，从井中一具宫女尸体的锦囊里得到传国玺。公元 220 年，曹丕篡权，逼献帝退位，汉亡。

青白玉印（西汉）

曹丕使人在传国玺肩部刻下隶字“大魏受汉传国玺”。

此后，传国玺辗转相传，直至最后一个主人——五代后唐末帝李从珂。936年，后晋石敬瑭攻陷洛阳前，李从珂和后妃在宫里自焚，所有御用之物也同时投入火中。从此，传国玺神秘失踪。

传国玺传递了1600余年，实为举世所罕见。传国玺何在，至今仍然是个谜。

玺印出现年代目前尚无定论，但是，在河南安阳废墟中出土了三枚古玺，表明商周晚期就有印玺了。秦代以前，没有玉玺的说法，那时的印章是用金、玉、银、铜制成，称“方寸玺”，人人都可以佩带。秦始皇统一中国后，为体现皇权至尊的无上权力，规定只有皇帝、皇后的印章可以称玺，用玉制作。西汉时玺印的发展达到高峰，并有了管理玺印的机构，而且在名称、质地和形制上都有了更为具体的规定，帝王、列侯的印称为“玺”，以下皆称为“印”。规定只有帝、后用玉玺。先秦的印章钮制有鼻钮、台钮、覆斗钮，形式比较简略。秦汉以后一直到明清，印章钮制甚为复杂，除方便实用之外，还多以各种形制作为官职大小和身份高低的象征。汉代多以印钮上的兽形表示官阶。例如，皇帝用玉玺虎钮，皇后用金玺蛇钮，诸侯王用金玺驼钮，皇太子、列侯、丞相、太尉、三公、左右将军用金印龟钮，二千石以上官员用银印龟钮，六百石以上官员用铜印鼻钮。

《善何》舞人玉印（战国）

兽钮玉玺（清）

白玉龙纽玺（元）

遗落地头两千余年的皇后之玺

宝贝档案

姓名：皇后之玺
身高：2 厘米
体重：33 千克
肤色：白色
年龄：2000 多岁
出生地：陕西咸阳

1968 年冬季的一个傍晚，陕西省咸阳韩家湾村的小学生孔忠良走在回家的路上。当他走到狼家沟时，无意中发现沟旁的土地上有个东西在夕阳下闪闪发光，他走近一看，原来是地上的一小块石头在发光。他动手刨挖起来，不一会儿，一块光亮的石头呈现在他面前。石头上面趴着一只动物，下面四四方方的，刻着字，但他一个也认不出来。于是，他把石头带回了家。

后来，父亲把这块石头带到了西安，经陕西省博物馆专家研究鉴定，结合出土地点，查阅相关资料，认定这就是著名的西汉“皇后之玺”。这块玉玺通高 2 厘米，宽 2.8 厘米，重 33 克，以优质和田白玉雕成。印面为正方形，螭虎钮。螭，是龙的一种，代表着真龙天子；虎为百兽之长，“取其威猛以执状”。方形印座四侧阴刻勾连云纹，印文为阴刻篆体“皇后之玺”四字，书体流畅，刀法自然娴熟，可见当时的篆刻艺术已达到高超的水平。雕刻玉玺的和田白玉如凝脂般温润晶莹，更是玉中极品。

据《汉官旧仪》上记载：“皇后玉玺，文与帝同。皇后之玺，金螭虎钮。”而韩家湾发现的“皇后之玺”在吕后与刘邦合葬的封土之西约一千米的陵园之内，其形制、式样、印文内容及字数均与《汉官旧仪》所载相符，专家认定为吕后之印玺无疑。有些专家还认为，它可能原来是放置在吕后墓旁的便殿中供祭祀之物，后来便殿被毁，玉玺遗落土中，被水冲到狼家沟，遭泥沙覆盖两千余年。这件玉玺是迄今发现的唯一一件汉代帝后用的玺印，对研究汉代帝后用玺制度具有重要的文物价值，弥足珍贵。

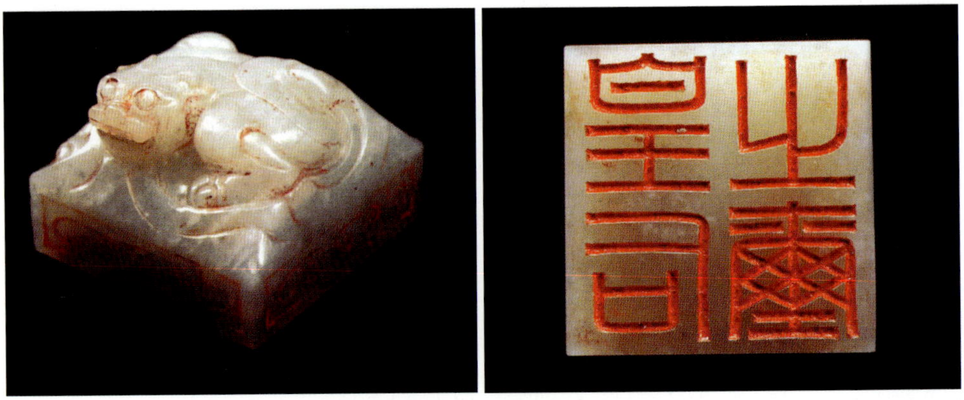

白玉皇后之玺及印文（汉）

从酒坛子到腌菜缸

宝贝档案

姓名：渎山大玉海
身高：70 厘米
体重：3500 千克
肤色：青灰色
年龄：近 750 岁
现藏地：北京北海

据说，元世祖忽必烈入主中原后，为大宴群臣犒赏将士之便，也为了表现其元初版图之辽阔，国力之强盛，令数百名工匠夜以继日地精雕细刻五年，以整块玉料制成了“一个大玉瓮”，作为酒瓮。制成后，一直放在琼华岛顶上的广寒殿中，成为元代镇国之宝。琼华岛是远古河道残留下的水泊中的山，故有“渎山”之称；又因为大玉瓮器体奇伟，形若天池，故以“海”自诩，所以大玉瓮被称为“渎山大玉海”。

明万历七年（1579 年）端午节的前一天，广寒殿失火倒塌，渎山大玉海及其底座被运走。世事变迁，几经辗转，渎山大玉海与底座流落于西华门外的真武庙内，成了道士的腌菜缸。到清康熙五十年

（1711 年）重修真武庙时，将渎山大玉海移至大士像前，并在里面贮水堆石以表达南海普陀之意，此后真武庙也改称玉钵庵了。乾隆十年（1745 年），乾隆皇帝发现了流落于玉钵庵的渎山大玉海，便“以千金易之”，放在北海团城的承光殿中，但底座仍留在真武庙中。1749 年，乾隆皇帝命人在承光殿前修建了一座小亭，名为玉瓮亭，又将渎山大玉海四次琢磨修整后新配了底座放置在亭内，直到现在。

渎山大玉海玉色青灰，夹带黑点。瓮体呈椭圆形，高 70 厘米，口径最小处 135 厘米，最大处 182 厘米，最大周长 493 厘米，空膛深 55 厘米，重 3500 千克。玉瓮通身雕琢了深浅起伏的海龙、海马、海羊、海豚、海犀、海蛙、海螺、海鱼、海鹿等 13 种海中瑞兽，它们游弋在惊涛骇浪之中，个个神态生动、气势雄伟。动物造型写实与浪漫相结合，既粗犷豪放，又不失细腻。海龙上身蜷曲，瞪眼伸爪，有瑞云托珠；马、犀、鹿、羊等动物虽取形于生活，却遍体披鳞，成了能游于大海的神兽；旋卷的波浪用浮雕加阴线勾刻。制作者充分利用玉料色彩黑白的变化，勾划波浪起伏的形状以及动物的轮廓。

渎山大玉海的内腹刻有清代乾隆皇帝的御题诗三首及序文，概括了这件巨型酒器的形状、纹饰和来历。乾隆还诏令臣下 48 员内廷翰林各赋诗一首，刻于玉瓮亭的楹柱上。

渎山大玉海

密勒塔山玉，大禹治水图

宝贝档案

姓名：大禹治水图
身高：224 厘米
体重：5300 千克
肤色：青白色
年龄：200 多岁
现藏地：故宫博物馆

清朝乾隆年间，是我国封建社会较强盛的时期，在此期间，我国灿烂悠久的玉雕艺术也达到了前所未有的高峰，这与乾隆皇帝对玉的酷爱是密切相关的。

有一次，采玉人在新疆和田密勒塔山发现一块重达万余斤的玉料，他们用绳索、木杠等工具把这块巨大的璞玉从雪山上慢慢运下山。为了搬运玉料，他们特制了一个长 10 米多、宽 6 米多的大车，动用了 1000 多名工役、200 多匹马，在新疆、甘肃、陕西、山西、直隶等省官员的监护下，交接运送，日夜不停，行程共计 8000 多里，用了三年多的时间，终于在乾隆四十六年（1781 年）运抵北京。

面对如此巨大的美玉，乾隆皇帝喜不自禁，却又为此犯了愁：雕琢成何物为好呢？一天，乾隆翻阅内府所藏古画，不经意间发现一幅无款识的《大禹治水图》。乾隆灵机一动，何不用此美玉雕琢成《大禹治水图》玉山子呢？夏禹率万民治水的事迹，为封建帝王树立了圣明的典范。乾隆皇帝自我感觉功绩与大禹相比有过之而无不及，雕琢成《大禹治水图》，不正可以功垂千古吗？于是乾隆皇帝钦定以这幅内府旧藏宋人所画的《大禹治水图》画轴为稿本进行琢制。

《大禹治水图》玉山子（清）

雕琢如此巨大的玉材，并非易事。为保证万无一失，由画匠贾铨在玉坯上

《大禹治水图》玉山子（局部）

临画，按玉山的前后左右位置共画四张草图，并依草图制成蜡样。经乾隆御览同意后，于乾隆四十六年五月七日发往扬州进行雕制。由于时值盛夏，天气炎热，蜡样运到扬州可能融化，于是又依照蜡样复制成木样。玉料由京杭大运河运到江苏扬州后，玉匠历时六年多雕刻完成。之后，再沿京杭大运河运回北京。第二年，乾隆又命宫中造办处如意馆玉匠朱永泰将乾隆御制诗和两方宝玺印文刻制在玉山上。前后共费时十余年，总工程量达 15 万个工作日，用去白银万余两，才制成这件中国玉器史乃至世界玉器史上最大的玉雕作品。最后由乾隆钦定安放在宁寿宫乐寿堂内，至今已有二百余年的历史。

玉山子是玉器雕琢的主要类型，历史上留下来的精美玉山子很多，如《秋山行旅图》、《南山积翠》、《会昌九老图》玉山子等。但是，最著名的当属巨型玉山子《大禹治水图》。《大禹治水图》玉山子高 224 厘米，宽 96 厘米，重达 5300 千克，置于嵌金丝褐色铜铸座上。这座玉山子表现了大禹治水过程中开山引渠的艰辛的劳动场面。玉山子卓立如峰，重峦叠嶂，瀑布飞泻，潺潺而下，古松挺拔，傲立悬崖。治水大军，凿石开山，一派繁忙，或抡锤击钎，或奋镐刨石，或双人同力抬石，或众人协作操械。在山巅浮云之处，还有鬼神助战。人物分别巧妙地穿插在山岩之间，布局周密，有条不紊。正面阴刻“五福五代堂古稀天子宝”方印；背面上端有乾隆御笔、由名匠朱永泰所刻的两行大字：“密勒塔山玉，大禹治水图”，下面是乾隆的御制诗及自注文，并盖有“八征耄念之宝”六字篆文方印。

《大禹治水图》玉山子现藏于故宫博物院，以其巨大的造型和精湛的雕琢工艺称著于世，为国家一级文物，也是国际上独一无二的艺术极品。此玉雕成后，历经沧桑，多次险遭劫难，得以完好如初地保存下来，这是因它那高贵的质地、绝世的雕艺折服了世人，令人对其疼爱有加不忍损坏。

《秋山行旅图》玉山子（清）

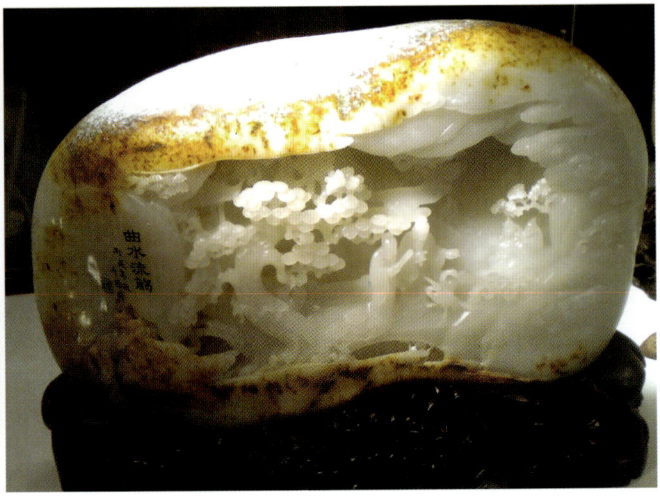

白玉山子

钻石恒久远，一颗永流传

多少年来，钻石在人们心中的地位特殊。她是力量的象征，也是财富的象征，她有着无可抗拒的魅力。一提到钻石，人们自然会想到南非。但是，最早发现钻石的国家并不是南非，而是印度。据著名印度史诗《玛哈帕腊达》记载，早在四千多年前，人们就用钻石来装点他们崇拜英雄的眼睛。1304 年在印度戈尔康达地区的金刚石砂矿中发现了一颗重 793.50 克拉的钻石，被命名为“伟大的马果”金刚石，这可能是世界上最古老的钻石。至今，她在钻石原石重量中名列第四位。该原石几经周折，多次被盗，最后落入英国女王维多利亚手中。后来经精心设计，切割成若干块钻石，

奥洛夫钻石权杖与拥有者

宝贝数据库

摩氏硬度：10

相对密度：3.47～3.56

折光率：2.42

奥洛夫钻石权杖

其中最有名的有两颗：一颗命名为光明之山，重 108.93 克拉，呈椭圆形，镶嵌在英国女王母后王冠上；另一颗称为奥尔洛夫，重 189.60 克拉，呈玫瑰形，现珍藏在莫斯科的克里姆林宫。奥尔洛夫钻石重量居成品钻石第九位。后来，凯瑟琳得到奥尔洛夫钻石并将它镶嵌在皇室的权杖上。

18 世纪之前，巨富的印度历代君王是世界上唯一的钻石供应者。到 19 世纪后半期，由于印度的钻石矿源逐渐枯竭，非洲钻矿代之而起。

古代罗马一位著名哲学家曾在一篇名为“钻石之谷”的故事中讲述到，在公元前 350 年的印度战争中，亚历山大王曾想从深坑中取得钻石，但当时深坑中有很多毒蛇把守着，喷出的毒气可将人毙命于数丈之外。于是，亚历山大王令士兵用镜子反射阳光把毒蛇烧死，然后把羊肉掷入深坑，让钻石粘在羊肉上。秃鹰吃完羊肉后把粘在上面的钻石也吃进肚子。待秃鹰飞出深坑后，亚历山大王派人追踪，杀死秃鹰取出钻石。由此可见人类对钻石的兴趣已经很久远了。

秃鹰叼着粘有钻石的羊肉飞出钻石谷

中国最早关于钻石的文字记录，是老子的《道德经》。西晋时的文献《列子·汤问》和汉代《十洲记》都曾提到过切玉刀，这些刀剑镶有钻石。据说，我国西藏日喀则扎什伦布寺中有一座 20 多米高的镀金弥勒佛，佛像眉宇间的“白毫”处有一颗重 395.55 克拉的金刚石。

在 13 世纪的欧洲，钻石是皇室贵族的专利品，佩带钻石是皇后、公主们的特权。法国国王查理十七世的情妇爱丽丝·苏慧是第一位打破这种传统的女子：她从国王那里获赠一颗钻石，并在公共场合佩带，钻石从此进入民间。

金伯利岩中三角形扁平金刚石

欧洲人从皇冠上镶宝石得到启发，也在结婚戒指上镶宝石。1477 年，巴根地公爵查尔斯的女儿玛丽订婚时戴上了一枚镶有钻石的戒指，这就是历史上第一枚订婚钻戒，从此，钻石戒指成为纯洁爱情的象征。

钻石毛坯分选

钻石（金刚石）的主要化学成分是碳，硬度高、熔点高、不导电，在很大的温度、压力范围内其化学性质都很稳定。钻石在相当高的温度下会燃烧，生成二氧化碳。

钻石戒指

纯净钻石无色透明，但由于微量元素的混入使它呈现不同颜色，比如钻石含微量硼元素呈蓝色，含氮元素呈黄色。钻石还有褐色、烟灰色，极少量为乳白色、浅绿色、玫瑰色、红色、紫色和黑色等。绿色、蓝色、紫色天然钻石非常稀罕珍贵。黑色钻石也十分罕见。

人类开采利用钻石的历史已有几千年了，但自古以来大于 20 克拉的钻石颇为罕见。而大于 100 克拉的钻石被视为国宝。据称，目前世界上发现的大于 100 克拉的特大钻石有 1900 多粒，其中大于 500 克拉的有 21 粒，大于 1000 克拉的仅有 2 粒。

世界上最大的钻石

宝贝档案

姓名：库里南钻石（原石）

体积：100mm × 65mm × 50mm

体重：3106 克拉

出生地：南非

1905 年，弗雷德里克·韦尔斯担任南非普列米尔矿业公司的工地总监，主要的责任是在工地监督巡查工人的作业。这年的1月 25 日，在工人收工之际，韦尔斯按惯例做当天的最后一次巡查。在德兰士瓦矿山的一个矿坑旁，他偶然发现夕阳下有一个发亮的物体眩目耀眼，他被这强烈光芒所吸引，于是爬到矿坑边，小心翼翼地用小刀将这块矿物晶体挖起。晶体足足有香烟盒大小，他不敢相信自己的眼睛，因为在此之前这里还没有发现过大钻石。后经公司专家鉴定，证实这是一颗钻石，为世界之最，堪称钻石之王。鉴于钻石发现时拥有 7 个非常光滑的表面，专家认定这块钻石仅是一块更大钻石的一部分，估计仅是原钻石晶体的三分之一，这一推断给普列米尔矿区寻找更大的钻石带来了希望。

库里南钻石发现地

这颗钻石原石长 100 毫米、宽 65 毫米、厚 50 毫米，如拳头大小，重 3106 克拉(621.2 克)。晶体不完整，具有三个自然面和一个劈开面，洁净无瑕，几乎透明，淡蓝色，非常美丽。

库里南钻石晶体（模型）

这颗巨钻被发现的时候，正好普列米尔矿业公司的创始人、总裁汤玛士·库里南爵士来到矿区巡视工作，为庆贺这一具有历史意义的事件，钻石以库里南爵士的名字命名。

库里南钻石原石及切磨钻石模型

发现人弗雷德里克·韦尔斯获得重奖 3500 英磅，当时相当于 21 万美元。当时这块世界奇大无比的钻石行家估价 75 亿美元，在 1907 年相当于 94 吨黄金，韦尔斯给世界带来了巨大的财富。

后来，库里南钻石被作为生日礼物送给了英王爱德华七世，爱德华七世本想保留原石，但荷兰阿舍尔兄弟认为，保留钻石原石的特有尺寸并没有多大价值和意义，因此爱华德七世决定由荷兰阿舍尔公司负责切磨。这家公司曾经加工过“高贵无比”等大钻。该公司接下工程后对这颗巨钻研究了几个月，按它的大小和形状造了一个玻璃模型，并设计了一套工具。他们先用这些工具对玻璃模型进行试验，模型按照预想的要求被劈开。于是，阿舍尔兄弟决定动手切割库里南钻石。

1908 年 2 月 15 日下午 2 点 45 分，阿舍尔与他的助手一起来到工作室，同时还有一个顾问小组及一位医生和两名护士——保护他的安全。切割开始时，他将库里南钻石紧紧地夹在工作台上特制的钳子里，然后将一个特制的、有刃口的钢楔放置在库里南钻石上预先磨好的小槽里，再用大铁锤向钢楔上猛然一击……钢楔立刻断成两截，而库里南钻石毫发无损。工作现场一片紧张，连空气似乎都要凝固了，阿舍尔也急出一身汗。稍作休息，阿舍尔将备用的钢楔置于原来的槽口，又一次猛击，这一下库里南晶体按设计被切成

约瑟夫·阿舍尔正在劈分库里南钻石原石

库里南Ⅱ号

镶有非洲之星的英王权杖

两半。几乎同一时刻，阿舍尔由于过度激动而晕倒在地板上，被医护人员送进医院，休息了两周才恢复健康。

库里南钻石被劈开后，由几位熟练的工匠每天工作 14 个小时，琢磨了 8 个月，才完成了所有钻石的切割。这颗巨钻被劈成几大块后加工出 9 颗大钻，98 颗小钻，并特意留下一块（重 9.5 克拉）原石未加工。加工出来的成品钻总重量为 1063.65 克拉，为库里南原石重量的 34.25%，损失掉了 65.75%的重量。加工出来的最大一颗钻石取名“库里南Ⅰ号”，也称为“非洲之星”，重达 530.20 克拉，为梨形琢型钻。库里南Ⅰ号被切磨成 74 个刻面，为至今世界上最大的切磨成品钻石。

1910 年，库里南Ⅰ号被镶嵌在英王权杖上，英王权杖是 1661 年英王查理二世举行加冕典礼时制成的。库里南Ⅱ号是一颗切角的长方钻，重 317.4 克拉，位于英皇王冠正面中间黑太子红宝石之下。在王冠的背面镶有库里南Ⅲ号钻石，还镶了祖母绿 1 颗，蓝宝石 16 颗，珍珠 277 颗。库里南Ⅲ号为梨形钻，重 95 克拉。库里南Ⅳ号为方形钻，重 64 克拉。还有 1 颗心形钻，重 19 克拉。2 粒马眼钻，分别重 11.5 克拉和 8.8 克拉；一粒长方钻，重 6.8 克拉；1 粒橄榄球形钻，重 4 克拉。其中的 4 粒钻石镶在英国王冠之上，这顶王冠现珍藏在伦敦韦克菲尔德塔的英王室宝库之中。

库里南Ⅰ号（非洲之星）

据说，当初为了确保这颗世界上最大的钻石能安全送抵荷兰阿姆斯特丹进行切磨，阿舍

库里南Ⅱ号及英皇王冠

尔使用了瞒天过海的招术：他让皇家海军以雄威武力护送一个空盒子，而让弟弟亚伯拉罕将钻石放在外衣口袋里带回了阿姆斯特丹。之前，将库里南钻石从南非运抵英国也是采取近似方式完成的：英国派出军舰在武装士兵的保护下将钻石运回伦敦，实际上，军队押运的仅是仿制品，真品却是采用正常邮包寄回伦敦的。

被厄运笼罩的“希望”钻石

宝贝档案

姓名：希望钻石
体重：112.50 克拉（原石
45.52 克拉（成品）
肤色：蓝色
琢型：坐垫形

1642 年，法国探险家兼珠宝商塔维密尔在印度西南部得到一块重 112.50 克拉、长 25.60 毫米、宽 21.78 毫米、厚 12.00 毫米的宝石级钻石，它具有极为罕见的深蓝色。塔维密尔将这颗钻石带回法国，献给了法国国王路易十四，国王封了他官职，并且赏了他一大笔钱。但与此同时，厄运也随之降临到每一个曾经拥有过这块钻石的人身上。

塔维密尔从国王那里获得的财产，被他那不孝的儿子耗尽，他在 80 岁高龄时已穷得身无分文，不得不再次前往印度，希望寻求新的财富。最终，他客死他乡而未能完成夙愿。

法国国王路易十四将这颗蓝色的钻石原石琢磨成了重69.03克拉的钻石。据说，路易十四仅仅戴了一次，不久就患天花死去。继位的法王路易十五成了钻石的新主人。他发誓不戴这颗深蓝色的大钻，可是，他把它借给了他的情妇佩戴。结果，路易十五的情妇在法国大革命中被砍了头。随后，这颗蓝色大钻又传给了法王路易十六，他的王后经常佩戴此钻，结果路易十六夫妇双双被送上了断头台。路易十六王后的女友兰伯娜公主随之成了这枚蓝色厄运之钻的主人，大概也是因为戴了这枚倒霉的钻石，她在法国大革命中被杀。

1792年，这颗蓝色的大钻在法兰西的国库中被盗。1830年，它出现在伦敦的珠宝市场上，不过钻石又被重新琢磨了一次，重量减为45.52克拉。这颗钻石一现身即被银行家霍普（Hope）以18 000英镑买去。从此，这颗蓝钻就以它新主人的姓氏为名，叫做“霍普”。由于英文Hope又是希望的意思，故又名“希望”钻石。银行家霍普终生未婚，他将蓝钻传给外孙（其条件是要他改姓霍普）。这位新的钻石主人后来娶了美国女演员约西为妻，不久，小霍普破产，约西和他离了婚。1906年，小霍普为清偿债务被迫卖掉了蓝钻“希望”，此后的两年内，“希望”被转卖了多次。约西于1940年死于美国波士顿，她在晚年穷困潦倒，经常埋怨那枚蓝钻“希望”给她带来的厄运。

1908年，“希望”被土耳其苏丹哈密德二世用40万美元买走。

希望钻石与前拥有者

据说，经手这笔买卖的商人在开车带着他的妻儿出门时，汽车坠下了悬崖，全家罹难。蓝钻“希望”也由土耳其苏丹赏给了他的亲信左毕德佩戴，可不久，左毕德被苏丹处死。

希望钻石

1911 年，美国华盛顿的邮政负责人麦克兰用 11.4 万美元购得了蓝钻“希望”，作为礼物送给自己的妻子。就在麦克兰夫人得到蓝钻“希望”的第二年，她 9 岁的儿子在一次车祸中丧生，而她的丈夫麦克兰先生不久也死去。她的女儿又因为服用安眠药过量，25 岁便香消玉殒。她本人也染上了吗啡，于 1947 年去世。麦克兰夫人生前在一切公开场合均不忘宣传“希望”钻石的浪漫和神秘，到她去世时，“希望”钻石已经是闻名全球了。

美国著名的大珠宝商温斯顿在 1958 年买下了麦克兰夫人的全部珠宝，成了蓝钻“希望”的新主人。温斯顿带着这颗所谓的厄运之钻在不同的季节多次飞越大西洋，都平安无事，笼罩在这颗钻石上的厄运总算得以“化解”。温斯顿将这颗历尽坎坷、蒙受了无数不白之冤的美丽蓝钻“希望”作为礼物捐献给了国家，现藏于华盛顿国家自然历史博物馆，成为该馆的镇馆之宝，也是世上最贵的钻石。

昔日莫卧儿宝物，今朝伦敦塔展品

宝贝档案

姓名：光明之山钻石

体重：800 克拉（原石）

105.6 克拉（成品）

琢形：椭圆

产地：印度

1526 年，在帕尼巴特战役中，印度莫卧儿王朝的创建者巴布尔以一万之众打败洛迪的十万大军并击毙了洛迪，获取了洛迪所拥有的珠宝。当时，巴布尔派他的儿子胡马雍专门寻找一颗名叫“光明之山”的钻石，但在王宫的藏宝库中没有找到。当胡马雍下令不许士兵凌辱宫中嫔妃时，洛迪的母亲为表示感谢，向胡马雍献上了一个金盒子，里面盛放的就是胡马雍正在寻找的那颗钻石。

当有人问这颗钻石的价值时，胡马雍说：“这样的宝石不能用钱买，只能用利剑夺取，应该作为神赋君权的标志。”这颗被称为“伟大的莫卧儿钻石”或“巴布尔钻石”的钻石，作为王朝的传国之宝传了八代皇帝，其中包括修建了泰姬陵的杰汉·沙赫。

1739 年，伊朗国王纳迪尔·沙赫攻占德里，大肆劫掠莫卧儿王朝的宝物。他们花了几十天的时间把所有宝物装载在七百只大象和数万匹马与骆驼的背上，准备运回伊朗，但仍找不到巴布尔钻石。后经莫卧儿皇帝穆罕默德·沙的一个妃子告密，纳迪尔·沙赫得知那颗钻石就藏在皇帝的包头巾里。于是他召来穆罕默德·沙，提出要交换包头巾，这本来是穆斯林之间一种友好的表示。穆罕默德·沙明知其中有诈，但作为阶下囚不得不换。纳迪尔·沙赫当即打开换来的包头巾，其中果然藏着这颗大钻石。纳迪尔·沙赫看到这颗钻石禁不住惊呼：“KOH-I-NOOR!”波斯语意为“光明之山”。从此，“光明之山”的名字被叫响。当时这颗钻石重 191 克拉。

光明之山钻石

后来，纳迪尔·沙赫 14 岁的孙子继位时，为寻求庇护，将这颗钻石赐给了护国大将军艾哈迈德。艾哈迈德凭借钻石回到阿富汗称王。艾哈迈德死后，他的儿子扎曼沙又因先得到这颗钻石而在兄弟争王中获胜，但不久又被印度旁遮普锡克王国的创建者、人称“旁遮普雄狮”的兰季特·辛格夺走。

镶在伊丽莎白王后王冠十字架上的光明之山钻石

1849年，在英国并吞印度旁遮普的战争中，光明之山钻石被英国东印度公司夺去，由英国的总督戴贺胥勋爵派人秘密运回伦敦，献给了英国维多利亚女王。

光明之山钻石原来由印度宝石工匠磨成古代的钻石形状，闪光较差，不够美观，女王不满意，要求重新切割，1852年，英国宫廷矿物学家丁·坦南特对“光明之山”钻石再次进行加工。虽然光明之山钻石变得美丽多了，但它的重量由第一次琢磨后的191克拉减到106克拉。新磨成之后，女王用它作胸针。女王死后，光明之山钻石被镶在英国玛丽王后王冠的十字架上。英王乔治六世继位后，光明之山钻石又被镶在伊丽莎白王后的王冠顶上十字架的正面，伊丽莎白二世于1953年加冕时用的就是这顶皇冠。现在，这顶皇冠平时放在伦敦塔中向公众展出。

名门之后——粉色“光明之眼”

宝贝档案

姓名：光明之眼钻石

体重：787克拉（原石）

60克拉（改磨后）

肤色：粉红色

出生地：印度

名钻“光明之海”的音译名称叫做“达亚伊诺尔”，又称“大莫卧儿”，1958年后又改名为“光明之眼”。它的原石在17世纪初发现于印度戈尔康达地区著名的科勒尔矿山，前面谈过的名钻“光明之山”的原石也是在这里发现的。

“光明之海”原石的重量已不清楚，有记载说可能是787克拉，这块宝石的最珍贵之处，是由于它是最大的一块粉红色的钻石。

“光明之海”最初属于古印度南部的一个王公米尔基摩拉，后来进贡给统治印度北部的莫卧儿皇帝杰汗·沙赫了。“光明之海”和另外两粒也在戈尔康达地区发现的名钻“沙赫”及“光明之山”一起，在莫卧儿皇宫里珍藏了多年。后来经古印度工匠将它琢磨成一粒重约300克拉的高玫瑰花形钻石。

"光明之眼"王冠

法国旅行家兼珠宝商塔维密尔于1665年到印度北部游历，受到了皇帝奥朗则布的接待，并让他看了莫卧儿帝国宫殿中珍藏的宝物，其中有名钻"光明之海"、"沙赫"和"光明之山"。据说"光明之海"和"光明之山"都镶在皇帝的宝座上。"光明之海"为粉红色，"光明之山"为淡蓝色，而"沙赫"则是淡黄色。

1739年，波斯国王纳迪尔·沙赫率领大军攻入莫卧儿帝国首都德里，名钻"光明之海"和"沙赫"、"光明之山"一样，被当做战利品运回了波斯。自此之后，"光明之海"一直藏在波斯(今伊朗)的宫廷中。大约由于它那古老的高玫瑰花外形不美观，曾改磨过一次，重量减为176克拉。

1958年，伊朗国王巴列维结婚，专门请世界著名珠宝商哈里·温斯顿制作了几件首饰。其中一件是王冠，一颗著名的粉红色大钻石被镶嵌在用铂金制作的伊朗国王王冠的中央。这粒巨大的粉红色钻石重约60克拉，它是用名钻"光明之海"再次改磨而成，并且改名为"光明之眼"。在"光明之眼"的四周，镶了324颗粉红色、蓝色、黄色和无色的钻石，其中在"光明之眼"上方的重10克拉的黄色梨形钻石也是著名珍品。

踏破铁鞋收效微，田地清淤获巨宝

宝贝档案

姓名：琼格尔钻石

体重：726 克拉（原石）

124.65 克拉（最大一颗）

肤色：蓝白色

琢形：长方形（最大一颗）

产地：南非

雅各布·琼格尔是一个寻钻者，在南非比勒陀利亚附近一个离普列米尔矿 3 英里的地方拥有一座小庄园。多年来，他以自己的庄园为基地，一直不辞辛苦地在附近寻钻，但找到的只是一些品质低劣的小颗粒钻石，得不偿失。寻钻耗费了他许多宝贵的时光，觅到的劣钻换回的低微报酬使他几次想另觅生路。

1934 年的一天，天空骤然阴云密布，很快便雷雨大作起来，携带着大量泥沙的洪水淹没了他的农场，洪水退后，琼格尔雇了一个小孩清理田地里的泥沙。无意中，小孩在泥沙内发现一块比蛋还大的美丽石头，于是捡了回来交给琼格尔。小孩不知道，他捡回来的竟是一块巨型高品质钻石。

琼格尔的妻子对这块钻石爱不释手，用一条带子系住挂在脖子上赏玩了许多天，之后才和丈夫一起将它卖给设在约翰内斯堡的金刚石

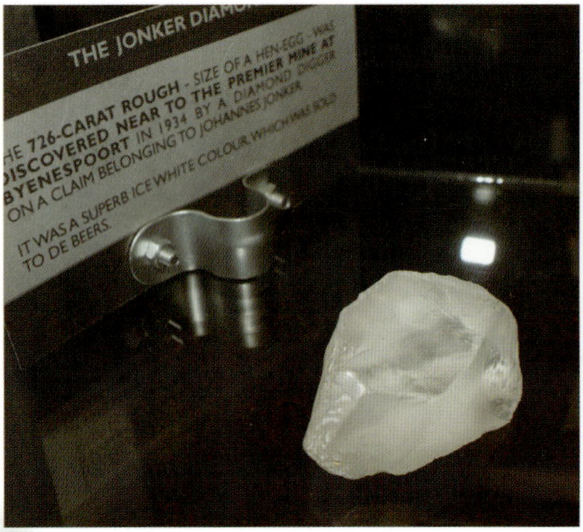

琼格尔钻石原石（模型）

童星手拿琼格尔钻石

琼格尔钻石被切割后最大的一颗钻石

有限公司，赚取了31.5万美元。这颗钻石重726克拉，为蓝白色，极为纯净，后来以发现者的名字命名，称为“琼格尔”。此后，“琼格尔”又被一位名叫奥本海默的英国钻石公司老板收入囊中。据说，为掩人耳目，“琼格尔”是用一个普通邮包寄往伦敦的。

美国大珠宝商哈里·温斯顿消息极为灵通，当“琼格尔”尚在邮路上时，他人已赶到伦敦。他对“琼格尔”作了一个月的研究后，决定花70万美元买下来。哈里·温斯顿不仅是珠宝商，还是宝石切割师和宝石收藏家。他对搜集钻石珍宝有着特殊的癖好，经常周旋于钻石购买者之间，一见名钻便出高价买到手，他拥有的世界名钻最多。琼格尔钻石一到纽约，便由海关直接送到自然历史博物馆展出。此后还陆续在美国其他6个城市展出，接待参观人数达数百万之多。

如何切割“琼格尔”成了哈里·温斯顿的一个难题。他先让人做了几个玻璃复制品，然后分别寄往几家最有名的钻石琢磨工厂提供切磨方案。最终他将琼格尔钻石交给一个名叫拉扎尔·卡帕兰的比利时血统的美国雕琢家负责切磨。1936年4月27日进行了第一次切割，“琼格尔”被切成12块，最大一块被琢磨成一颗142.40克拉的有66个面的钻石，仍取名为“琼格尔”。其余钻石，10块被琢磨成长方形，1块琢磨成卵形，除最小的两颗被印度卡普塔拉的一个土邦主买去外，其余9颗均被不知名的收藏家买走了。最大的琼格尔钻石后来又经温斯顿改磨形状，切磨成一颗有58个面的长方形钻石，重量为124.65克拉。这颗钻石曾又展出多次。最大的这粒“琼格尔”在磨成之后，最初卖给了埃及国王法鲁克。法鲁克于1952年被以纳赛尔为首的军官们推翻后，“琼格尔”下落不明。1959年，人们发现尼泊尔的蕾特娜王后佩戴着它。1974年，它又被香港的一位不知名的商人用400万美元买走。

经历三次“纹身”的沙赫钻石

宝贝档案

姓名：沙赫钻石

体重：96 克拉（原石）

88.7 克拉（成品）

肤色：微黄透明

出生地：印度

500 多年以前，在印度的戈尔康达河谷，几万印度工人顶着酷热的太阳在挖掘砂石并用河水淘洗。突然，一颗特殊光亮的钻石出现在杂色的石英砂石中，它纯净透明，微带黄色，几乎有 3 厘米长。

最初，这颗钻石被送进了当时一位邦君阿麦德那革的宫殿，收藏在贵重的宝石箱里。当时，统治这些邦的是印度北部的莫卧儿大帝。莫卧儿大帝派大军攻进了阿麦德那革统治的邦，夺走了他的全部宝物，其中包括那颗钻石。大概是为了自己永远占有这粒钻石，当时的莫卧儿大帝沙赫命令工匠将自己的名字刻上去。印度的宝石工匠磨了一些极细的金刚石粉末，再用尖尖的细棍蘸取这种粉末给这颗钻石刻字。不知道花了多少时间，经过多少困难，才在它的一个晶面上刻了几个波斯文：“布尔汗·尼查姆·沙赫二世，1000 年”(相当于公元 1591 年)。后来,杰汗·沙赫继承了莫卧儿帝国的皇位。这位皇帝亲自在这颗钻石的另一晶面上又刻了几个字：“杰汗格·沙赫之子——杰汗·沙赫，1051 年”(公元 1641 年)。在这两次刻字之后，这颗金刚石也就被人们叫做“沙赫”了。

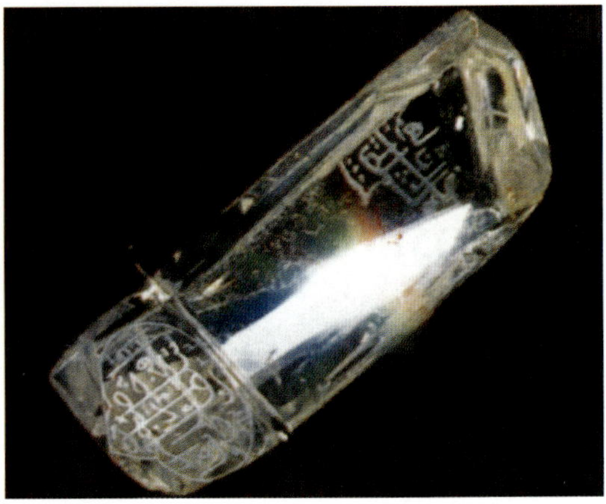

著名的沙赫钻石

铭文中提到的大莫卧儿帝国执政官杰汗·沙赫，从 1627 年执政到 1658 年。杰汗·沙赫有极大的宝石癖，他拥有专门的工场，甚至亲自到那里去分选和琢磨宝

印度皇帝左手举着镶有沙赫钻石的饰品

石。就在杰汗·沙赫聚精会神给宝石刻字时，皇宫中酝酿着阴谋。他的儿子策划夺取皇位，把父亲的权力和财富攫为己有。经过长期的明争暗斗，儿子奥朗则布终于在1658年把父亲关进了监狱，自己做了皇帝，成为这颗“沙赫”的新主人。杰汗·沙赫在监牢中度过余生，他的儿子则布不仅篡夺了王位，也夺取了父亲的珍宝。

1665年，一位著名旅行家对大莫卧儿的宝座作了引人入胜的描绘：宝座以大量宝石点缀，朝觐者一面宝座的华盖上悬着一颗重80～90克拉的钻石，四周环绕很多祖母绿和红宝石。这颗钻石可能就是“沙赫”，它悬挂在大莫卧儿与朝觐者之间作为护身宝物。1739年，波斯的纳迪尔·沙赫率军侵入印度，占领了莫卧儿帝国的首都德里，进行抢劫和血腥屠杀，沙赫钻石作为战利品落入纳迪尔手中，它被第三次刻上——“卡杰尔·法塔赫·阿里沙赫”。经过这几次刻字和刻槽，“沙赫”的重量由原来的95克拉变成88.7克拉。

1829年，俄国驻波斯大使在首都德黑兰被人刺死，沙皇俄国威胁要报复。为了平息沙皇的怒火，波斯派王子霍斯列夫·密尔查率领代表团到彼得堡谢罪。王子送给沙皇一件宝物，就是这颗饱经沧桑的钻石“沙赫”。它的价格在当时看来相当于一个大使级外交官的性命。此后，“沙赫”一直保存在俄国。

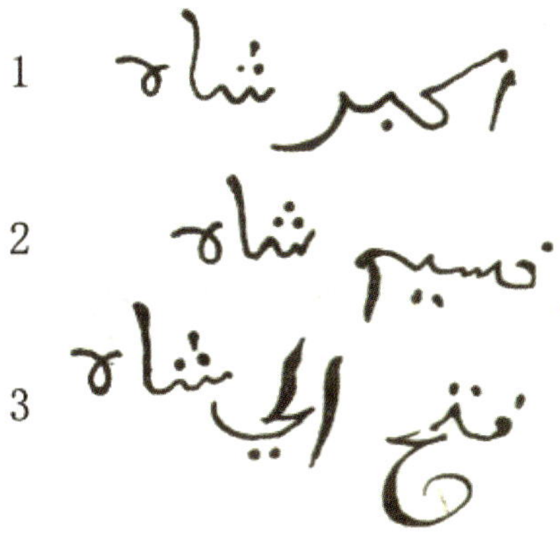

沙赫钻石上刻磨的铭文

鲜血浸染的摄政王钻石

宝贝档案

姓名：摄政王钻石
体重：410 克拉（原石）
　　　140.5 克拉（成品）
肤色：透明
琢型：灿烂型
产地：印度

1701 年，在距印度著名的钻石产地戈尔康达约 240 千米的巴特尔金刚石矿山上，淘洗金刚石的工作正在紧张进行。突然，一个参加淘洗的奴隶眼前一亮——一粒闪着光亮的大金刚石出现在他的手边。这是一笔巨大的财产，拥有了这颗钻石，就意味着他能获得自由。趁人不注意，他举起丁字镐向自己的大腿击去，血流如注。这个奴隶忍着巨痛把钻石塞进伤口深处，并用树叶作绷带把伤口包好，从而把钻石偷偷带出了矿区。奴隶找到一个英国海轮水手，以一定的好处为诱饵让水手带他离开。水手看到巨钻之后很快与奴隶谈妥了条件，他瞒着船长，把奴隶藏在船舱里的黄麻中。夜晚，海轮驶入公海，水手送饭给奴隶吃。谁知就在奴隶吃饭之时，水手从背后用匕首将奴隶杀死，然后将其投入大海。船停靠在马德拉斯之后，水手以两万英磅把这粒钻石卖给了该城的英国总督彼得爵士。水手得到钱后，很快把钱挥霍一空，最后自缢而死。

1717 年，彼得以 340 万金法郎把钻石卖给法兰西摄政王奥尔列昂斯基公爵。公爵命人对钻石进行加工，于是才有了钻石“摄政王”。这颗钻石的诞生可谓历尽艰辛，琢磨抛光就花费了整整两年时间，费用达 5000 英镑，磨下的碎片卖了 7000 英镑。加工后的钻石重量为 140.5 克拉，1722 年留多维克十四世加冕时，“摄政王”被镶在他的王冠上。1792 年 8 月，法国大

摄政王钻石

摄政王钻石王冠

革命时期的一个早晨，“摄政王”被人偷走。可能是因为“摄政王”钻石既大又很出名，无法出售，窃贼又特地将其送回，后被一个德国珠宝商卖给了拿破仑。18世纪90年代，它被拿破仑作为抵押担保发动远征的抵押物，1940年希特勒攻占巴黎时，钻石藏在沙姆博尔城大理石壁炉的护墙板中。目前这粒钻石陈列在卢浮宫中。钻石尺寸为30mm×29mm×19mm，钻石为灿烂琢型，做工精美，光泽和“出火”都不同反响。

出生不明的德累斯顿绿钻石

宝贝档案

姓名：德累斯顿绿钻石

体重：40.70克拉

肤色：绿色

琢型：梨形

出生地：不明

据统计，大约一万颗钻石中，才有一颗彩色钻石，世界上的天然绿色钻石更是少之又少。科学家研究发现，钻石的天然绿色通常是由于晶体在生长过程中接触到放射源形成的，并且要经历几百万年的地质时间。最常见的辐照形式是α粒子的轰击，这种粒子存在于铀的化合物或地下水中。在长期的辐照下，钻石表面才会形成小片绿斑，或形成薄薄一层绿色覆盖层，在钻石切磨翻面的过程中，这层绿色层很容易被磨掉。但是如果钻石经过β、γ射线以及中子的轰击，接受辐照的强度足够均匀且时间足够长的话，内

黄绿色钻石

部就都会变成绿色。

浅绿色钻石

1742年,弗雷德里克·奥古斯塔斯二世，在德国莱比锡买下了一颗优质的绿色钻石，这颗钻石呈梨形琢型，具有58个刻面，重量为40.70克拉。奥古斯塔斯二世把这颗钻石存放在德累斯顿的绿色穹隆珍宝馆内，除了偶然饰用外，这颗名叫“德累斯顿绿”的钻石在德累斯顿的绿色穹隆珍宝馆中保存了两个多世纪。进入德累斯顿的绿色穹隆珍宝馆后，德累斯顿绿钻石就没有再转手过。

最初，德累斯顿绿钻石被镶嵌在一枚金羊毛勋章上。1746年，珠宝匠迪令戈重新改制了这枚勋章，用德累斯顿白钻石替换了德累斯顿绿钻石，镶嵌在它原来的位置上。德累斯顿绿钻石还曾被镶嵌在一顶帽子上。

人们通常认为德累斯顿绿钻石的产地是印度，可是没有确切的依据。自18世纪20年代后，巴西已逐渐取代了印度成为世界主要的钻石出产国，而奥古斯塔斯二世是从一位荷兰商人手中买得这颗钻石的。因此，有的人认为德累斯顿绿钻石产自巴西。荷兰的阿姆斯特丹曾是17世纪的世界钻石的切磨中心，巴西钻石的发现引发了阿姆斯特丹钻石切磨业的复苏，巴西产的钻石原石被源源不断地送往阿姆斯特丹，这一推断或许也可以作为判断德累斯顿绿钻石产地的一个原因。

德累斯顿绿钻

中国现存最大的钻石原石

宝贝档案

姓名：常林钻石

体重：158.786 克拉

肤色：透明

传奇之处：中国现存最大的钻石原石

1977 年 12 月 21 日，山东省临沭县华侨乡常林村 21 岁的姑娘魏振芳和生产队的女社员在田间翻整土地。临近收工回家时，魏振芳发现邻近地头上还有一片地没有挖完，不知是谁遗漏的，于是她便走过去，挥动着铁锨挖起来。挖着挖着，突然从地里滚出一块鸡蛋黄大小、闪闪发光的东西，魏振芳好奇地捡起来一看，是一块晶莹剔透的石头。她虽然没有读过多少书，但她知道，她手里握着的是一块大金刚钻！魏振芳兴奋不已地拿着钻石跑回家，一家人围着这么大一个宝贝是又惊又喜。他们想起了 30 年前距他们村不远的地方发现过更大的钻石——金鸡钻石，后来这颗钻石被日本人抢走，发现钻石的那家人也惨遭日本人灭门。

经公社干部做思想工作，魏振芳一家交出了钻石。后来，为了表彰他们的爱国精神和贡献，按照魏振芳的要求，国家奖励了魏振芳的大队一台拖拉机。此外，国家为她开了千人表彰大会，奖励她个人千

常林钻石

元奖金，给她办理了“农转非”户口，并安排她进工厂当了工人。

这块钻石以发现地点常林村命名为常林钻石，重 158.786 克拉，长 17.3 毫米，颜色呈淡黄色，质地纯洁，透明如水，晶莹剔透，是我国目前存有的最大钻石原石，现收藏于中国人民银行。

集三千钻石于一身的巨型项链

宝贝档案

姓名：帕提亚拉项链
体重：962.25 克拉
肤色：黄、红等
传奇之处：近代珠宝史上体积最为庞大的项链

19 世纪 20 年代，印度一位土邦主在游历欧洲时，为了炫耀自己的财富与权力，要求巴黎卡地亚公司利用土邦主自己收藏的零散宝石制作一款供他在重大庆典仪式上佩戴的项链。三年后，项链制作完成，这款以印度旁遮普邦的首府帕提亚拉命名的项链是近代珠宝史上体积最为庞大的项链，也成为了卡地亚的经典之作。项链制作完成后，土邦主没有向卡地亚支付任何费用，只是准许他在其店内公开展示这条项链三年。

帕提亚拉项链上镶有 2930 颗钻石，总重 962.25 克拉，共有 5 条镶钻白金链，链子的设计非常华丽而又充满了艺术感。镶嵌在中央的 7 颗璀璨巨钻，重量由 18 克拉至 73 克拉不等。钻石吊坠之上镶嵌的则是一颗重达 234.69 克拉的巨型黄钻，据说，它是世界第七大钻石。此外，项链还镶嵌了一颗 18 克拉的浅咖啡色钻石和两颗总重 29.58 克拉的红宝石，让整条项链更加夺目，光彩四溢。

土邦主去世后，帕提亚拉钻石项链几经辗转。1947 年后，再也没有人见过它的身影。半个世纪过去后，它再次现身于伦敦，此时原来精美的帕提亚拉钻石项链已经是残缺不全了，原来镶在中央的 7 颗璀璨巨钻早已不见踪迹，令人心痛不已。

现代珠宝大师们成功地仿效了20世纪20年代末期工匠的精湛工艺与风格，用其他宝石(白色黄宝石、金黄色的蓝宝石、石榴石等)代替丢失的几颗巨钻，经过四年的修复，再现了精美绝伦的帕提亚拉钻石项链的风采，并于2002年伦敦举行的卡地亚收藏展上重新露面。

帕提亚拉钻石项链和拥有者

皇冠上的常客——红宝石

红宝石以其晶莹剔透的绚丽颜色，被古人蒙上超自然的神秘色彩。历来红宝石被视为吉祥之物佩戴在身上，可以免灾避邪，给人们带来好运。如古代帝王的服饰王冠上都配有红宝石，古代的清真寺、教堂和寺院也有红宝石点缀。

宝贝数据库

摩氏硬度：9

相对密度：3.95～4.05

折光率：1.762～1.770

红宝石发现的确切年代尚不十分清楚，但从《圣经》的记载和梵语中称红宝石为“宝石之王”、“宝石之冠”和“红莲”可以判断其大致年代。也许在公元前人们就利用红宝石装扮自己了。在15世纪之前，红宝石比钻石贵重得多，古代印度尤其喜欢红宝石。一位叫菲利浦瓦罗斯的古代哲人在书中写道：瑰丽清澈而华贵的红宝石是宝石之王、宝中之宝，其优点超过其他宝石。还有一本古老著作中认为红宝石是上帝创造万物时所创造的十二种宝石中最珍贵的。缅甸人也非常珍视红宝石，相信红宝石能保护人不受伤害。为此缅甸武士在身上割一个小口，把红宝石嵌进去，认为这样就会刀枪不入。

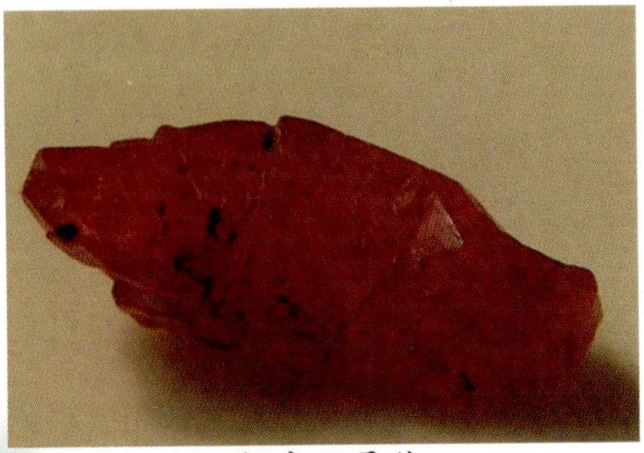

红宝石晶体

红宝石戒面

浅色红宝石六方柱状晶体

红宝石的主要化学成分是 Al_3O_2，其中含有一定数量的氧化铬。红宝石颜色不均匀，常见平直的色带。有的红宝石呈现六射星线，极少数红宝石还有似金绿宝石的变彩，由蓝色变为紫红色，偶尔由绿色变成微红褐色。红宝石颜色有粉红、紫红，暗红、鲜红和鸽血红，一般常见的红宝石的红色色度浅而不正,唯有鸽血红为最佳颜色。红宝石因含微量铬而呈娇艳红色，所以显示强荧光效应，即能在紫外线下呈现鲜红色荧光。

最早发现红宝石的地方可能是古印度、缅甸等东南亚国家，今天缅甸、斯里兰卡、泰国、柬埔寨仍是世界上著名的红宝石产地。

红宝石产量少，十分珍贵，优质红宝石更是稀罕，超过 5 克拉的优质红宝石犹如凤毛鳞角，而超过 10 克拉的优质红宝石则是稀世珍宝。古人在书中记述过巨大的红宝石，如《一千零一夜》中水手辛巴德看到一个约 20 厘米高的红宝石杯子；还有一本古人游记中说到东方的一个国王拥有一颗一英尺长、五指宽的红宝石。是否真的存在过这样大的红宝石难以考证，假设有这样大粒的红色宝石，也可能是石榴石或碧玺。

著名旅游家马可·波罗在其著作中写到，僧加罗君主拥有一枚 4 英寸长、一手指厚的红宝石，中国元代皇帝忽必烈想拿一个城池与其交

玫瑰色尖晶石戒面

换，却被僧伽罗君主拒绝了，他说即使把全世界的财富都放在他脚下，他也不愿同这块宝石分手。可见古时红宝石就非常珍贵。

1983 年，印度一位名叫维代拉吉的律师在其父母房内发现被称为拉特拉自纳和玛西的两粒世界上最大的红宝石，这两粒红宝石包在一层烟灰之中经历了几个世纪。如今，他将这些稀世的珍宝存放在银行中，估计最少值 5 亿美元。

2004 年 10 月，美国国家自然历史博物馆展出了一颗重 23.1 克拉的稀世巨型红宝石。这颗名叫“卡门·露西娅”的红宝石具烟花般的光彩，镶嵌在一个由钻石做点缀的白金戒指上。不仅体积名列世界宝石前几位，而且透过它深红色的晶莹身躯，可以看到宛若烟花般的绚烂光彩，经过棱角的折射所发散出来的斑斓色彩，使得摆放在四周的那些蓝宝石黯然失色。

历史上最著名的红色宝石不是真正的红宝石，而是红色尖晶石，也称巴拉斯红宝石，如帖木尔红宝石、黑太子红宝石等。

星光红宝石戒面

红宝石戒指

刻满铭文的帖木尔红宝石

宝贝档案

姓名：帖木尔红宝石（尖晶石）

体重：352.20 克拉

肤色：红

出生地：不详

现藏地：英国

帖木尔红宝石并非现代宝石学中所称的红宝石，而是一颗红色尖晶石，重 352.20 克拉，没有被切磨，形状近似于三角形，呈现出自然美。

帖木尔红宝石曾为拉合尔的统治者、光明之山钻石的拥有者兰吉德·辛格所有，并被镶嵌在马鞍上。之后，还曾被装饰在莫卧儿王朝最负盛名的孔雀御座上。在这颗宝石的表面镌刻有波斯语铭文，铭文记载："这是来自王中王苏丹·沙希布·奇朗 2.5 万件珠宝中的红宝石，1153 年从莫卧儿王朝的珠宝中拿到这个地方。"铭文中的年份对应的公元纪年是 1740 年。1739 年，纳迪尔·沙赫掠走了莫卧儿王朝的珍宝，回到了波斯的伊斯法罕，铭文中的"这个地方"指的就是伊斯法罕，也就是在这里，这颗红宝石被雕刻了上述的铭文。除此之外，这颗宝石表面还刻有其他几行铭文，记载了宝石一些曾经拥有者的名字，他们是：阿克巴·沙赫、查罕杰·沙赫、沙希布·奇朗·沙尼、阿拉姆杰·沙赫、巴格沙赫·格哈兹、穆罕默德·法鲁克·西亚、阿马德·沙赫·达依杜朗。

据历史记载，沙希布·奇朗·沙尼就是帖木尔，蒙古人，生活在 1336—1405 年，他于 1307 年开创了超级大国帖木尔帝国。帖木尔死后，这颗宝石为其继承者米·沙赫·鲁克拥有，之后又被米扎·乌鲁格·贝格和沙赫·阿巴斯·沙发里继承。这三位拥有者的名字都曾被雕刻在宝石上，但是，沙赫·阿巴斯·沙发里将这一红宝石作为贡品献给了查罕杰后，这三个人的名字被抹去了，取而代之的则是查罕杰把自己的名字及他父亲阿克巴·沙赫的名字刻在了这颗宝石上。实际上，阿克巴

帖木尔红宝石项链

未曾拥有过这颗宝石。查罕杰死后，他的儿子杰汉·沙赫继承了王位，并把帖木尔红宝石装饰在孔雀御座上。阿拉姆杰·沙赫是杰汉的三儿子，不知什么原因，紧随后面的两任莫卧儿皇帝都没有在这块宝石上刻他们的名字，而再后两任宝石的拥有者却把名字刻上了宝石。

沙赫·苏加是最后一个拥有这颗宝石的波斯人。在兰吉德·辛格救了他以后，帖木尔红宝石、光明之山钻石和其他珍宝全部为兰吉德·辛格占有。最后，英国人从他的继承者杜利普·辛格手中获得了这些珍宝。

帖木尔红宝石的历史变故使其成为最具历史意义的红色尖晶石。1851 年，不列颠东印度公司从拉合尔的珍宝库中得到这颗宝石并把它送给了维多利亚女王，现为英国皇家珠宝。

拯救过亨利五世性命的黑太子红宝石

宝贝档案

姓名：黑太子红宝石（尖晶石）
体重：170 克拉
肤色：红
出生地：不详
现藏地：英国

黑太子红宝石也是一颗红色尖晶石，重约 170 克拉，历史非常悠久。这颗宝石属英国爱德华三世的儿子、威尔士的王子，即黑太子爱德华所有。那时这颗宝石的知名度并不高，因为在黑太子的遗嘱中没有提到过这颗宝石。在此以前的十四世纪就有了这块红尖晶石。1415 年，英军与法军在法国北部阿金库尔村交战，英军约有 5900 人，而法军则是英军人数的 6 倍多。眼看英军即将招架不住，而正在此时，疲于拼杀的英王亨利五世没有注意到身后一把利斧正朝他的头上砍来……眼看亨利五世就要血溅沙场，奇迹出现了，迎面而来的战斧刚好被亨利五世头盔上镶嵌的红宝石挡住，亨利五世的性命得以保存。更令人惊讶的是，这场几乎没人相信可能打赢的战争，居然也奇迹般获胜了。这场战争就是大名鼎鼎的“阿金库尔战役”。

英国皇家珠宝财产目录中曾记载，这颗宝石是由卡斯提勒的国王、有残暴王之称的多·佩德罗送给黑太子的，因为黑太子在 1367 年西班牙维托利亚附近的纳加拉战斗中支持过他。因此，这颗宝石也称为“黑太子红宝石”。而佩德罗则是从格拉纳达的国王阿部·沙德处得到这颗宝石的。此后，亨利五世曾把这颗红宝石镶嵌在头盔上。1485 年，理查德三世在博斯瓦斯战斗中也戴着这颗宝石。后来这颗宝石又被镶嵌在都铎和首任斯图尔特王朝的王冠上，但是这颗宝石在共和政体期间突然失踪了，之后又出现在詹姆斯二世的王冠上。

1649 年，查理一世被杀后，英国进入了共和时期，根据议会的指示，王冠均被砸毁，金子被熔化铸造金币，从王冠上拆下的宝石则用于出售。但是，黑太子红宝石是否曾被出售过，没有确切的结论。曾传，一颗穿了孔的红色尖晶石以 4 英镑 10 先令的价格出售。黑太子红宝石毕竟是一颗稀有的大颗粒红色尖晶石，不可能以这样的低价卖出。还有一种说法，在查理一世的保皇党被击败前，黑太子红宝石镶在查理一世的法国妻子亨利埃塔·玛丽亚王后的王冠上，她把这颗宝石和葡萄牙之镜钻石、桑西钻石等一起在法国出售或抵押，以此资助保皇党军队。1653 年，在克伦威尔统治期间，曾以“大红玫瑰尖晶石红宝石”的名字准备将它出售，标价 40 万英磅。

黑太子红宝石（王冠中间）

在君主体制恢复后，黑太子红宝石被镶嵌在詹姆斯二世的王冠上，这粒红宝石位于王冠的正前方。珠宝匠在黑太子红宝石的小孔上嵌上一颗真正的红宝石，以填平这一小孔。在镶嵌黑太子红宝石的底部用银箔作衬底，这样就增加了宝石的光泽和透明度，使得宝石更加美丽。后来在乔治一世的王冠上，黑太子红宝石就被镶嵌在王冠正面十字的中心了。1821 年，在乔治四世的加冕典礼上，其帝国王冠上的黑太子红宝石又被镶嵌在王冠的正面，在这顶王冠上还有用钻石镶嵌而成的圆球。

在维多利亚女王的加冕典礼上，新王冠上黑太子红宝石又被镶在正面的十字架上，而斯图尔特蓝宝石被镶嵌在它下面的环形饰物上。后来，女王王冠上斯图尔特蓝宝石被库里南Ⅱ号钻石取代，并被镶嵌在环形饰物的中心，斯图尔特蓝宝石则被移到了王冠的背面。

1953 年 6 月 2 日，伊丽莎白二世盛大的加冕仪式是全世界瞩目的焦点，可是比之更为瞩目的是那顶让全世界垂涎欲滴的圣爱德华大王冠。这顶王冠高达 31.5 厘米，重 0.91 公斤，雕刻精美的交错百合花底座上托着两个十字架，中间是带着貂皮花边的绿色天鹅绒，金质王冠上镶嵌了多达 3000 颗各种宝石，其中最灿烂的就是那颗重达 317 克拉的“库里南Ⅱ号”，还有重 170 克拉的黑太子红宝石及圣爱德华蓝宝石。

俄版“武则天”的大皇冠红宝石

宝贝档案

姓名：大皇冠红宝石（尖晶石）
体重：398.71 克拉
肤色：红
出生地：不详
现藏地：俄罗斯

1762 年 6 月，叶卡捷琳娜在她的情人和近卫军军官格里高利·奥洛夫的拥护下发动政变，废黜了其丈夫俄皇彼得三世。同年 9 月，叶卡捷琳娜二世在莫斯科克里姆林宫圣母大教堂加冕。在加冕仪式上，叶卡捷琳娜二世戴上了这顶由天才宫廷珠宝匠波吉耶为她打造的奢华无比的大皇冠。

大皇冠总重 1907 克，高 27.5 厘米，下部周长 64 厘米，共镶嵌了

叶卡捷琳娜大王冠顶部的红宝石

2858 克拉重的 4936 颗钻石，上面十几颗最重要的钻石分别是从当时欧洲国王的王冠上拆下来的，其中装饰冠顶的是世界上最大、最漂亮的红天鹅绒色尖晶石，重 398.72 克拉。目前这颗尖晶石是俄罗斯"必须保护的七颗宝石"之一。皇冠的设计深受古代拜占庭帝国王冠的影响，它由两个半球组成，分别象征着东、西罗马帝国，中部是一个橡叶状花环和橡树果，象征着沙皇帝国的神圣权力。值得一提的是，镶嵌在大皇冠上的世界上最大的尖晶石还是从北京购买的呢。1676 年根据阿里赫塞·米克亥罗维奇的命令，俄国特使尼古拉·斯帕菲尔来到中国，在北京用 2672 金卢布购买了这块尖晶石。

据说，最大的红色尖晶石也是镶嵌在俄帝国王冠顶端，重达 414.30 克拉，这顶王冠是为了彼得大帝 1724 年的加冕典礼而专门制作的。整个王冠只使用了这一颗彩色宝石，宝石似鸽子蛋大小，被认为是当时世界最优质的红宝石，其实它是一颗红色尖晶石，这顶王冠上所用的其他宝石则是钻石和珍珠。

查尔曼王冠其顶端镶有一颗非常优质的红宝石，重达 206 克拉，这颗宝石曾属约翰二世国王所有，根据宝石的大小和重量，无疑这也是一颗红色尖晶石，遗憾的是，这颗历史悠久的宝石在 1634 年消失了。

王冠上的红宝石

在 1947 年伊丽莎白女王的婚礼上，缅甸人送给女王 96 颗红宝石以及一对镶嵌有红宝石和钻石的垂状饰物。1978 年，女王用这些红宝石定做

伊丽莎白女王佩戴红宝石王冠及项链

了一个皇冠。这个皇冠是由著名的王室珠宝商加拉兹加工制作的，设计者搭构出了红色玫瑰围成的花冠，在每支玫瑰的正中嵌上红宝石和钻石，玫瑰花瓣是银质的。皇冠上的红宝石非常艳丽漂亮，制作工艺非常精美华丽。

丹麦王妃玛丽橄榄叶王冠

希腊王后安妮·玛丽也有一顶红宝石橄榄叶皇冠，这个皇冠并不仅仅是“皇冠”，它还包括一套珠宝饰品，如红宝石项链和耳环等。这顶红宝石王冠原来为瑞典贝纳多特王朝第一位王后所有，是贝纳多特国王因拿破仑一世登基典礼为王后设计的全套首饰之一，英格丽德王后本为瑞典公主，嫁到丹麦后通过继承得到这套首饰。这顶王冠原本只是一个简单的花环状，英格丽德王后是个改旧首饰的高手，她用了两个胸针，加上原本的王冠，把王冠改造成现在的样子。英格丽德王后的婆婆亚历山德拉王后也曾经使用过此王冠。英格丽德王后去世以后，腓烈特王储继承了这顶王冠，在王

与橄榄叶王冠配套的红宝石项链和耳环

伊丽莎白红宝石王冠

佩戴红宝石王冠及套饰的玛丽王妃

FEICHANGBAOBEI

储的结婚庆典上，他的新娘玛丽唐纳森配带着它。

阿尔伯特亲王为妻子维多利亚女王设计了一顶王冠，王冠上原来镶嵌的是乳白色的猫眼石，后来亚历山德拉王后用红宝石替换了它。伊丽莎白王太后去世后，由伊丽莎白二世所有。

1830 年，巴伐利亚王后路德维希一世的妻子特蕾莎王后获赠了一顶红宝石王冠，王冠上所有的红宝石均是来自 18 世纪马克西米利安一世的收藏。英国国王爱德华七世和亚历山德拉王后送给嫁到瑞典的侄女玛格丽特公主一顶红宝石王冠作为结婚礼物，这顶王冠也可以作为项链使用。

摩洛哥王妃的红宝石王冠及套饰也是非常精美的艺术品。

格雷丝王妃红宝石王冠及套饰

伊丽莎白二世红宝石王冠

摩洛哥格雷丝王妃佩戴红宝石王冠

卢森堡公主的红宝石王冠

玛格丽特公主的红宝石王冠

牧师指定佩戴宝石——蓝宝石

蓝宝石与红宝石是姐妹宝石，她们的主要成分都是Al_3O_2，矿物学名称都为刚玉。刚玉类宝石之中除红宝石之外，其他各种颜色的宝石均称为蓝宝石，如黄色的称为黄色蓝宝石，白色的称为白色蓝宝石等。

同红宝石相比，蓝宝石不仅产量多，而且大颗粒的也不少。蓝宝石的颜色比较多，蓝、黄、绿、灰、黑、白、棕色均有。颜色最好的当数克什米尔蓝宝石，这种蓝宝石固有的靛蓝色略带紫，珠宝界称之为矢车菊蓝。

宝贝数据库

摩氏硬度：9

相对密度：3.99～4.1

折光率：1.76～1.77

蓝宝石晶体

金黄色蓝宝石是一种珍贵的宝石，价格比较昂贵，被称为“东方黄宝石”、“黄宝石王”等。有的蓝宝石出现六射星光，也有十二射星光，后者较为稀罕。

蓝宝石被誉为灵魂的宝石，给人以庄重、典雅之美。据说它能保护国王和君主免受伤害和嫉忌，是最适用于教士环冠的宝石，基督教的《十诫》即刻在蓝宝石上。早在12世纪时，由于当时主教特别喜欢蓝宝石，使得蓝宝石戒

斯里兰卡产星光蓝宝石“兰卡之星”

星光蓝宝石

成为牧师固定佩戴的饰品。古人认为蓝宝石可以除去眼中的污物，1931 年，伦敦圣保罗大教堂收到一粒捐赠的蓝宝石，捐赠者要求把这粒蓝宝石陈列在神殿上，用于治疗眼疾。17 世纪还有人用蓝宝石治疗瘟疫。星光蓝宝石被称为“命运之石”，构成星光的三条线代表忠诚、希望和博爱。古代缅甸、斯里兰卡人传说蓝宝石是指路石，可保护佩戴人不受罪恶伤害，并能交好运。

缅甸产透明蓝宝石

据记载，斯里兰卡开采蓝宝石的历史最久远，目前堪称世界之最的蓝宝石（重达 19 千克）就产自斯里兰卡。陈列在各国博物馆中的蓝宝石也以斯里兰卡的最为著名，比如重 393 克拉的“兰卡之星”星光蓝宝石，重 563 克拉的“印度之星”蓝色蓝宝石，等等。

泰国开采蓝宝石的历史也不短。1977 年，泰国发现一粒宽 3.3 英寸、长 4.3 英寸、厚 2 英寸、重达 6456.5 克拉的绿色蓝宝石。此外还有重达 67 克拉的黑星蓝宝石、重 34 克拉的紫罗兰色蓝宝石等。缅甸抹谷地区也盛产优质蓝宝石，常见星光蓝宝石。

星光蓝宝石项坠

蓝宝石林肯头像

印度克什米尔出产的紫色蓝宝石（矢车菊蓝色）称得上是世界上最优质的蓝宝石。克什米尔蓝宝石发现于1882年。1887年，矿区发现一粒色彩艳丽、晶莹夺目的蓝宝石。后来又在该地区不断发现新的蓝宝石矿床，开采出不少优质蓝宝石。现在，克什米尔蓝宝石矿区已经资源枯竭，真正的矢车菊蓝宝石已十分珍贵。"东方蓝巨人"就产自克什米尔地区，是世界上最大的切割蓝宝石，这枚蓝宝石呈矩形，重达486.52克拉，可谓全球珠宝中的稀世珍品。

澳大利亚也是重要的蓝宝石生产地，早在1851年就发现蓝宝石。1984年，在昆士兰州发现一粒重约1156克拉的蓝宝石原石，后琢磨成733克拉的黑星光蓝宝石，这块命名为昆士兰黑星的蓝宝石称得上是世界上最大的星光蓝宝石。19世纪70年代，美国著名歌星、演员雪儿曾经佩戴过它亮相；美国与加拿大的博物馆也曾展出过它。此外

矢车菊蓝宝石

印度克什米尔产透明蓝宝石"东方蓝巨人"

蓝宝石戒面

还有一粒重达2302克拉的蓝宝石，被一位著名艺术大师历时1800个小时雕刻成美国杰出总统林肯的头像，头像高4厘米，重1318克拉，颜色为黑色，带有深蓝色斑点。这块蓝宝石于1935年发现于澳大利亚昆士兰地区。

世界上著名的蓝宝石还有英国王室皇冠上的两粒有历史意义的蓝宝石，一粒是颜色艳丽、玫瑰花形的圣爱德华蓝宝石，另一粒是长1.5英寸、宽1英寸的颜色美丽的斯图亚特蓝宝石。

蓝宝石戒面

从戒指到王冠

圣爱德华从 1042 年开始统治英国，是一个忠诚的信教者，一生的大部分时间从事于宗教活动，包括重建了威斯敏斯特教堂。据说有一天，他遇到一名乞丐，由于身上实在找不出东西给他，爱德华只好将手中的蓝宝石戒指送给乞丐。这名乞丐不是别人，正是上帝的使者，爱德华前往巴勒斯坦朝圣时，天使才将戒指还他。爱德华死于 1066 年，死后曾两次迁墓。1269 年第二次迁墓时，威斯敏斯特的阿波特才将其手指上的这枚戒指取下，并把它作为遗物保存在教堂内。不久人们就开始相信这颗宝石有神奇的力量，其中包括了这颗宝石具有治疗急性腹痛的能力。

这颗蓝宝石的来历人们至今仍不清楚，何时切磨的人们也不知道，只是因为曾经属于圣爱德华而得名。现在这颗宝石被镶嵌在英皇王冠顶部球体上方的十字架中心，这顶帝国王冠是由皇家珠宝匠加拉德在 1953 年为英国伊丽莎白二世女王的加冕典礼所做的。王冠继承了 1838 年为维多利亚女王制作的王冠的风格。在这顶王冠的正面还镶有库里南Ⅱ号钻石、黑太子红宝石和称为伊丽莎白女王耳饰的珍珠。整个王冠格架是由黄金打制的，而宝石则由银镶嵌。

圣爱德华皇冠上的圣爱德华蓝宝石

被诅咒的德里紫蓝宝石

英国自然历史博物馆中收藏着一块罕见的印度蓝宝石，然而60年来,这块宝石却一直被锁在博物馆的柜子中，因为据称这块宝石携带“诅咒”。它镶嵌在一枚银戒指上，表面绘有文字及星相符号。该宝石的许多任主人都灾难连连，甚至突遭横祸。

1857年，一名叫做菲里斯的英国骑兵上校从印度德里带回一颗蓝宝石。然而，宝石的新主人菲里斯来到英国后，就遭遇了一连串的厄运：他不但失去了所有的金钱，并且百病缠身。菲里斯的儿子继承了这块宝石后，也遭遇了同样的厄运。菲里斯的一个朋友将这块宝石借去把玩了几天，结果没多久他就自杀身亡了。

1890年，英国科学家爱德华·海伦·艾伦得到了这块宝石，成了它的新主人。爱德华本是一名律师和小提琴制作者，但后来却成了一名科学家。爱德华得到了这块宝石后，他的两个朋友相继向他借这块宝石回家观赏，结果一个朋友从此屡屡遭遇不幸事件；而另一个朋友是一名歌手，自从她借回这块宝石观看后，她竟突然开始“失声”，从此再也没有唱过歌。

眼看朋友双双因为这块石头遭遇厄运,爱德华一狠心,将其扔进了伦敦摄政运河里。他以为从此以后将彻底摆脱蓝宝石所带来的厄运，可没想到3个月后，这块宝石又离奇地回到了他手中。原来，一艘挖泥船从运河中捞到了这枚宝石，一名商人从船员那儿买下了它，并将它“物归原主”还给了爱德华。

德里紫蓝宝石

1904年，爱德华要求银行将

它保管起来，直到他死都不想再看见它。他说："我感到它会对我新生的女儿带来不利的影响。"在1943年去世前，爱德华列下遗嘱将这枚"魔咒宝石"捐给英国自然历史博物馆。

爱德华还在盒子中留下了一张警告性纸条，上面写道："这块宝石显然受到了诅咒，它上面沾染了鲜血，每个拥有它的人都会失去荣誉。无论谁打开这个盒子，都应该先阅读一下这份警告，然后按自己的意愿处理这块宝石。我的建议是：立即将它扔进大海里。"

时至今日，爱德华的后人仍深信这块德里紫蓝宝石的"魔力"，爱德华77岁的孙子艾弗·琼斯是一名前海军军官，他拒绝和这块宝石打任何交道，他说："我的母亲生前从来不愿触碰这块宝石，她也要求我们不要和它扯上任何关系。"

世界上最大的星光蓝宝石

19世纪末，美国金融家摩根为了在巴黎的博览会上显示其富有，花了20万美元从私人收藏家手中买了一批宝石在会上展出。其中有一颗比高尔夫球还要大,重563.35克拉、直径6.35厘米的星光蓝宝石。据说，其六射星光完美无缺，而且瑕疵极少，虽然色泽不够艳丽，但仍不失为稀世珍宝。它有一个响亮的名字——印度之星，它是世界上最大的星光蓝宝石，于300年前采自现在的斯里兰卡。星光蓝宝石也称星彩蓝宝石，多数是不透明至半透明。星光蓝宝石因其艳丽的星光色彩而被称为"命运之石"。

星光蓝宝石(右下小图为印度之星蓝宝石)

当时正值美国纽约自然博物馆创建不久，正努力收集各种珍品，摩根遂于1901年将这些宝石全部捐赠给博物馆，从而扩充了博物馆的矿物宝石陈列室。在宝石陈列室内，与印度之星蓝宝石比美的还有采自斯里兰卡的116.75克拉的深夜之星蓝宝石，这颗蓝宝石发出与众不同的浓紫色的光，以及出自缅甸的100.32克拉的红宝石。

1964年10月，美国纽约自然博物馆被窃，“印度之星”也一并被盗走。所幸的是在几个月之后印度之星蓝宝石得以完璧归赵。据说，宝石之所以能被盗走，是因为博物馆为了节约而将展厅内的看守和警报系统废除，而且由于保险费高昂，宝石也没有买保险。

按图索骥寻找斯图尔特蓝宝石

在英国皇家珠宝中，斯图尔特蓝宝石是一颗历史悠久的蓝宝石。这颗宝石曾在爱德华四世(1461—1483年)的王冠上镶嵌，可能是爱德华四世从约克郡的大主教主教冠上取下来的。据推测，这颗宝石也可能是后来亨利八世（1509—1547年）镶嵌在帝国王冠正面十字架上的宝石。

据说，詹姆斯二世（1685—1688年）逃往法国时，带走了斯图尔特蓝宝石，并把这颗宝石留给了他的孙子红衣主教约克。非常有意思的是，他孙子把这颗宝石又镶嵌在了主教冠上，宝石的初始用途得以归位。但是此后不久，因为种种原因，红衣主教把这颗宝石卖给了一名威尼斯商人。后来一名意大利人被指定整理红衣主教的信件和物品。这位意大利人根据信件中的一些线索，找到了这颗蓝宝石的拥有者，并设法买下了这颗宝石。随即，他又把这颗蓝宝石以4000英镑的价格卖给了乔治四世。乔治四世把这颗宝石送给了查洛特公主，在她死后，斯图尔特蓝宝石就成为了英国皇家珠宝。这粒重104克拉的斯图尔特蓝宝石现被镶嵌在帝国王冠的背面。

斯图尔特蓝宝石被镶嵌在帝国王冠的背面

各国王室里的蓝宝石

属于约瑟芬皇后所有的蓝宝石钻石王冠

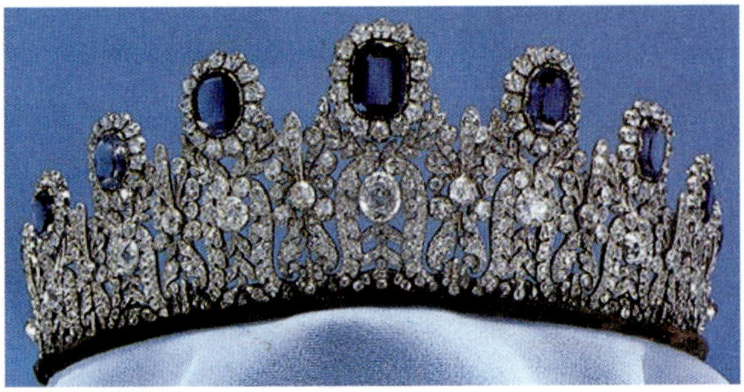

西尔维亚王后蓝宝石镶钻王冠

各国王室都有许多精美的蓝宝石王冠和饰品。1953 年在伊利莎白女王的加冕礼上，巴西总统赠送给她镶有巨大蓝宝石的钻石项链和与之相配的耳环，后来，总统又赠送给女王一只漂亮的手镯，女王把这些珠宝交给加纳德珠宝行重新组装成一顶新的王冠。但女王很少佩戴这套价值连城的首饰。

亨利王妃的蓝宝石王冠原本属于约瑟芬皇后所有，约瑟芬皇后的女儿荷兰的霍利斯腾王后继承了这顶王冠，并将其出售给波旁家族的路易丝·菲利浦，路易丝·菲利浦将王冠送给了自己的妻子安妮·阿美丽亚。安妮去世后，王冠由她的孙女弗兰西斯公主继承，弗兰西斯公主的孙子，日后的巴黎伯爵亨利王子的妻子成为佩戴这顶王冠的最后一个人。1986 年，亨利王子将王冠及全套珠宝以六百万法郎的价格卖给了卢浮宫。

西尔维娅王后蓝宝石镶钻王冠

瑞典王后西尔维娅也有一顶蓝宝石王冠和一套精美的蓝宝石饰品，包括蓝

玛丽王妃蓝宝石胸针

蓝宝石戒指（收藏于故宫博物院）

宝石项链、耳坠和胸针等。

丹麦玛丽王妃有一件丹麦王室祖传的蓝宝石胸针，玛丽王妃在小王子洗礼时曾经佩戴过。这枚胸针中间镶一颗硕大的蓝宝石，周围围绕着一圈钻石，制作工艺非常精美。

我国清朝王室也喜欢蓝宝石，多做戒指等佩饰。

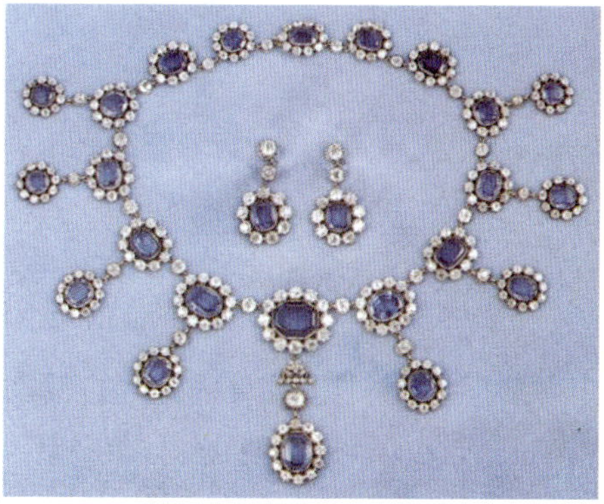

与西尔维娅蓝宝石镶钻王冠相配套的项链、耳环和胸针

伊丽莎白女王蓝宝石王冠

宝石中的无冕之王
——祖母绿

祖母绿以其美丽的艳绿色吸引了数代人对它的赞誉和追求。古代人流传下许多对祖母绿的赞美之词和奇异的故事。一位古罗马的学者说到，没有任何一种宝石具有这样赏心悦目的颜色，对眼睛来说是那么舒服。它是唯一能使人百看不厌的宝石，不论是阴天或是晴天，它总是发出既柔和又浓艳的光芒。切割和琢磨宝石的工匠认为，注视祖母绿那种柔和的绿色能使他们感到舒适并消除疲劳。罗马的尼禄皇帝喜欢看角斗比赛，因此他想到了用绿色的祖母绿磨成类似于凸透镜形状的弧面形戴在眼睛上，使他能在清凉明澈的视域内更好地观看狂热凶残的角斗。

宝贝数据库

摩氏硬度：7.5～8

相对密度：2.67～2.78

折光率：1.577～1.583

伊朗王室祖母绿盒

古代人认为祖母绿具有增强人们品性的奇异性能，持有祖母绿的人将具有超自然的预言未来的能力，并能增强记忆和雄辩能力，使持有者才思敏捷，更加忠诚。有的古人深信祖母绿能使浪费的人变得节俭，从而使他们更为富裕。祖母绿还能防病，女人佩戴祖母绿可避免羊角疯和其他严重疾病。

祖母绿戒面（晶体中含絮状物较多）

另外，还传说祖母绿具有极大的潜能。一位古人这样记述到：在塞浦路斯岛边的一个地方有一尊石狮，狮子的眼睛是用两块美丽的祖母绿装饰的。这两只绿色的眼睛闪动着锐利的光芒，深深穿透到大海之中，使得海里的鱼感到害怕，纷纷逃逸。一时间，渔夫捕不到鱼，深感疑惑，不知发生了什么事。最后，他们洞悉了其中的玄机，于是将祖母绿眼睛拆了下来，换上了其他宝石。

祖母绿晶体

祖母绿是一种铍铝硅酸盐，含有铬、钒、镍等微量元素。祖母绿的绿色主要是含铬元素所致，氧化铬含量越高，颜色越深。荧光下呈红色，滤色镜下多为绿色，哥伦比亚祖母绿呈粉红色。透明度取决于氧化铁含量，含氧化铁越少越透明，超过 0.6%，绿色就会变暗。祖母绿晶体中含的包裹体很多，常见的有黑色的炭质颗粒、黄铁矿、黑云母和钠长石包体，故而十分干净的祖母绿不多见，多有云雾状的包裹体和绵纹。

高档祖母绿吊坠

据记载，早在公元前 2000 年，古埃及有一处名叫 Cleopatra 的矿区就开始生产祖母绿了。现在一些博物馆还存有少量那个时期加工十分粗糙的祖母绿饰品。但真正的祖母绿纪元，应该是从 16 世纪在南美洲发现优质祖母绿矿开始，这些绿色宝石被人们称为绿色财富。时至今日，南美洲的哥伦比亚仍是世界上优质祖母绿的产地。产祖母绿的国家还有俄罗斯、南非、美国、巴基斯坦、巴西等。人们知道，钻石是宝石之王，应该是最贵重的宝石，其实不尽然，一粒同钻石大小相等的、质量较好的祖母绿的价格要比钻石高 3～4 倍。大于 2 克拉的优质祖母绿非常罕见，其售价高得惊人。

哥伦比亚祖母绿发现于16世纪，是印加人最先找到的，祖母绿矿床位于首都波哥大东北的波也卡、康迪尼马卡和圣达德之间、面积为12500平方公里的长方形区域内，因此也被称为“祖母绿长方形”。西班牙人占领印加王国时，从印加人手中夺去大量这种珍贵的宝石。西班牙人为了弄清祖母绿的源地，酷刑拷问印加人，但是印加人宁死也不讲出祖母绿的源地。在此之前，印加人早已抹去了开采祖母绿的痕迹，生长的灌木丛也把矿口的路径掩盖起来，西班牙人很难找到矿坑。1555年，一个偶然的机会，西班牙人发现了哥伦比亚的木佐祖母绿矿床，随后一直为西班牙人私人开采。

莫卧儿祖母绿

伊朗国王镶祖母绿等宝石的宝刀

1830年，在俄罗斯的乌拉尔山脉的斯维尔德洛夫斯克东北70千米处发现了祖母绿矿床，称为乌拉尔祖母绿。据说，一粒乌拉尔最优质的祖母绿重约30克拉，曾属沙皇所有，现存于莫斯科克里姆林宫的钻石库中。

伊朗国王镶祖母绿等宝石的盾牌

自然界中祖母绿晶体通常较小，但也曾发现过一些巨大的祖母绿晶体。1956年，在南非发现重24000克拉的当时世界最大的祖母绿晶体。哥伦比亚的木佐矿山曾发现一粒重16020克拉的祖母绿。英国伦敦大英自然历史博物馆有一块名为德文郡的祖母绿晶体，重1384克拉，产自哥伦比亚的木佐矿区。1987年，还是在哥伦比亚的木佐矿区，发现了一颗优质的祖母绿，重达3700克拉，命名为王者之尊。在美国纽约自然历史博物馆中还存列着产自木佐的五块未命名的巨大祖母绿，分别重1796克拉、1752克拉、1492克拉、1100克拉和220克拉。近年有报道，哥伦比亚又发现一块世界最大祖母绿单晶体原石，重 36075 克拉，估计价值超过 30 亿人民币。世界上著名的祖母绿宝石之一“莫卧儿祖母绿”开采于 1695 年，重 217.8 克拉，高度超过 10 厘米。宝石的一侧镌刻了祈祷经文，而另一侧雕刻着鲜花形态的装饰。2001 年 9 月 28 日，这块绝世祖母绿宝石在伦敦佳士得拍卖行被一位匿名藏家拍得，成交价为 220 万美元，也有报道说成交价为 2.2 亿美元。

据记载，伊朗王室拥有世界上最多的祖母绿珍品，足有数千块颜色美丽、重量超过 50 克拉的祖母绿。巴列维皇冠上有一块约 100 克拉、一块 65 克拉和三块 14 克拉颜色艳丽的祖母绿。在宝座上镶有 21 块重 35～90克拉、4 块重 100～170 克拉和一块约 225 克拉的祖母绿。由此可见伊朗王室对祖母绿的珍爱和其具有的巨大价值。在伊朗王室中，还有许多雕刻过的祖母绿工艺品，这是由于祖母绿的硬度较红宝石、蓝宝石和红色尖晶石低的缘故，被雕刻的祖母绿工艺品有贝壳、瓜果、花和其他图案。

世界上最著名的祖母绿饰物要数 Andes 皇冠了，Andes 皇冠是 1593 年用整块纯金制做的，镶上最后一位印加皇帝命名的重 45 克拉的 Atahulpa 祖母绿。皇冠上总共镶了 453 块宝石，总重 1521 克拉。该皇冠曾被安装在哥伦比亚泊帕岩大教堂的圣母塑像上。皇冠制成后历经劫难：1650 年，它曾短暂归掠夺它的英国海盗；1812 年又成了 Simon Boliver 从西班牙人手中解放南美奴隶的革命战争战利品；1968 年，Andes 皇冠被一位辛迪加巨商从纽约珠宝商手中买走，从此再无消息。

洪水中诞生的法拉祖母绿项链

丹麦女王祖母绿王冠及套饰

祖母绿项链在各国王室中比较常见，如丹麦王后的祖母绿王冠和项链以及一些制作精美的祖母绿项链都是非常精美的艺术品。但是，最著名的却是法拉祖母绿项链。1993 年 4 月，在第三届北京国际博览会上，展出了一条价值 2 亿美元，以柱状晶体串连的祖母绿项链，人称法拉项链，这条精美的项链堪称祖母绿最具代表性的珍品了。据说，这条项链上的祖母绿均产自哥伦比亚的木佐矿区。

1600 年，在哥伦比亚首都波哥大以北 200 千米的木佐矿区，一场洪水过后，摩斯卡斯人在黑色的污泥中发现了一些翠绿色的祖母绿宝石晶体在阳光下闪闪发光。摩斯卡斯人挑选出最好的祖母绿制做成一条精美的项链献给了当地的法拉公主，这座祖母绿矿山也因此被命名为法拉。

这条祖母绿项链的宝石晶体既大又美丽，少有瑕疵，堪称绝世佳品。法拉项链的祖母绿未经任何切磨，以原始的晶体形态镶嵌而成。后世的摩斯卡斯人将此项链历代相传，并成功地化解了西班牙殖民者妄想掠夺这一珍宝的种种图谋。后来，这条珍贵的项链为哥伦比亚伦扎家族拥有。也有人说这条项链后来被一华侨购买保存到现在。一位美国富豪曾出价 2 亿美元购买这条项链，但未能如愿。

法拉祖母绿项链

没有孔雀的孔雀御座

据说孔雀御座是在莫卧儿开国明君巴卑尔四代子孙查罕杰（1605—1627年）在位时开始制作的，在其五代子孙杰汉·沙赫（1627—1658年）时期完成。御座在杰汉·沙赫时就已镶了许多钻石和名贵珠宝，但是杰汉仍认为缺少奇特稀有的珍品，于是决定远征戈尔康达去掠夺珍宝。在战胜戈尔康达国之后，就把光明之山钻石据为己有。

简·巴蒂斯特·塔沃尼在其名著《印度游记》中详细地描述了孔雀御座。据说，御座由著名的珠宝设计师奥斯丁·德·巴德奥斯设计，形似"行军床"，长约1.8米、宽约1.2米、高约0.50～0.65米。在御座的底上有12根柱子从三边支撑天蓬，一边是敞开的。御座的底脚和支撑天蓬的柱子上镶嵌有许多钻石、红宝石和祖母绿，在每根柱子的中间镶有一颗大粒的红色尖晶石，周围镶有四颗祖母绿，构成十字状。祖母绿呈桌面型切工，红宝石呈弧面型切工。所镶宝石颜色鲜艳，重量为10～20克拉。除了宝石外还镶有珍珠。

沿御座的长边有银制四级台阶。御座的上方有钻石和珍珠镶成的天蓬，天蓬上是一只宝石镶嵌的孔雀，据此而得名孔雀御座。孔雀用黄金制作，孔雀的嘴上曾挂光明之山钻石，胸上镶有一颗大的红宝石，还有一颗重约50克拉的梨形珍珠，扇形的尾巴上还有许多彩色宝石，主要为蓝宝石。

孔雀王座（原来的宝石天棚已不复存在）

印度阿迦汗王妃定制祖母绿项链

孔雀的四周点缀着一束束“花”，这些花均是由黄金和彩色宝石制作。御座上还装饰有一颗大钻石（据此认为这颗钻石就是现在称谓的沙赫钻石），在这颗钻石周围有红宝石和祖母绿包围。塔沃尼计算，在孔雀御座上共有108颗红色尖晶石，每颗重量都在100克拉以上，有的甚至达200克拉或更大；16颗祖母绿，每颗重量都在30～60克拉，颜色极佳，并带有典型的祖母绿包裹体特征；在支撑天蓬的12根柱子上挂有重量为6～10克拉的圆形珍珠。莫卧儿王朝的孔雀御座制作所用珠宝不仅价值连城，更重要的是显示了国王至高无上的权力和财富。

虽然祖母绿主要产于南美的哥伦比亚，但是在杰汉时期，这些祖母绿可以经过欧洲进入印度。这座用117千克黄金打造的孔雀御座曾摆放在莫卧尔王朝在德里的皇宫红堡中。1740年，波斯军队攻陷德里，屠杀了9天，也掠走了御座。如今存留下来的，只有墙面上当年杰汉·沙赫下令雕刻的波斯文诗句：“如果说天上有天堂，天堂就在这里。”

镶有祖母绿和大量宝石的孔雀御座，现仍存在伊朗的皇家珠宝中，但是整个王座已发生了巨大变化：天蓬不复存在，宝石也有改变。有人认为，孔雀御座上曾镶有1颗重约225克拉的优质祖母绿，4颗100～170克拉的祖母绿和21颗35～90克拉的祖母绿。1966年，加拿大皇家安大略博物馆的

价值1.8亿元的祖母绿钻石项链

研究人员对这些珠宝进行过研究。不论是已镶嵌的，还是尚未镶嵌的祖母绿，在数量、质量和重量上，原伊朗王室所拥有的祖母绿都是首屈一指的，超过了世界上其他任何地方的祖母绿。

雄伟的祖母绿地球仪

在伊朗王室的收藏品中，最雄伟的一件藏品是祖母绿“地球仪”。这个“地球仪”直径46厘米，高110厘米。球体使用34千克纯金打造，共镶有5.1万多颗宝石，有些宝石的质量上佳，重量也很大。在这个独一无二的“地球仪”上，大洋、海和大的湖泊用祖母绿表示，陆地则用红宝石和红色尖晶石表示，撒哈拉以南的非洲地区和埃及用块状的蓝宝石表示，伊朗、英国、法国和亚洲的部分地区用钻石表示。大陆用钻石勾出轮廓，“地球仪”上也标出了赤道和黄道，经线和纬线用红宝石表示。

这个“地球仪”由纳赛尔乌德丁·沙赫在1874—1875年间委托珠宝匠制作，据说，其主要目的是为了保存散放着的宝石。在这个“地球仪”上，包括了两颗重约175克拉、许多重约125克拉的祖母绿和许多重约50克拉的红宝石，可谓价值连城的无价之宝。

珠宝地球仪（伊朗）

珠宝地球仪（细部）

不爱江山爱美人

1936 年 1 月，乔治五世驾崩，英王威尔士亲王继位，成为爱德华八世。成婚时，爱德华八世选择了有过两次婚姻的美国平民沃丽丝·辛普森。他们的爱情引起轩然大波，遭到皇室、国会、教会甚至整个英国的反对，然而，爱德华八世毅然选择了放弃王位。1936 年 12 月，他的弟弟继位，成为乔治六世，爱德华八世被封为温莎公爵。1937 年，爱德华与沃丽丝在法国结婚，王室无一人到场。然而这段婚姻却幸福地经历了几十年，直至 1972 年温莎公爵去世。

温莎公爵夫人祖母绿戒指

20 纪初，一位巴格达的珠宝商人要出手一批名贵的珠宝，由于当时欧洲政局动荡，王室一个接一个地倒台，加之珠宝要价太高，因此无人问津。卡蒂亚珠宝公司得到消息后，派出了公司里最受信赖的一位密使去巴格达。不久，这位密使发回一封电报，要求寄一大笔钱到巴格达去。大家都认为这位密使一定做成了一笔大买卖。等到这位密使回来时，大家大吃一惊：他仅带来回一只小小的口袋，里面也只有一颗鸟蛋大小的祖母绿。传说这颗祖母绿原是一位蒙古王爷的珍藏，品质绝佳。

为了把这颗优质的宝石卖出去，一位专家建议把它一分为二，切磨成两颗优质的祖母绿戒面。切磨后，一颗卖给了一位美国富豪。另一颗于 1937 年被温莎公爵买走，作为与沃丽丝的定情信物。这颗祖母绿戒面重 19.77 克拉，质量极佳。

由于温莎公爵夫妇没有子嗣，根据温莎公爵夫人的遗愿，其大部分财产捐给法国巴黎 Pasteur 研究院用于癌病研究。1987 年，苏富比的温莎公爵夫人珠宝拍卖会举世瞩目，温莎公爵夫人的 250 件拍品中，绝大多数都是温莎公爵送给的礼物，温莎公爵夫人祖母绿戒指最后以 2126646 美元成交，创造了当时拍卖祖母绿价格的最高记录。

把项链戴在额头上

伊丽莎白二世戴过的祖母绿王冠和祖母绿项链大多传自她的祖母玛丽王后，其中有一套包括重量级的几件珠宝：德里朝觐皇冠、剑桥祖母绿短项链、德里朝觐项链、德里朝觐胸针和剑桥祖母绿胸衣，称剑桥·德里朝觐皇室套装。德里是印度的首都。当年，印度还是大英帝国的殖民地，乔治五世是印度皇帝，他从在德里举办一个朝觐大会上得到了这套祖母绿珠宝。

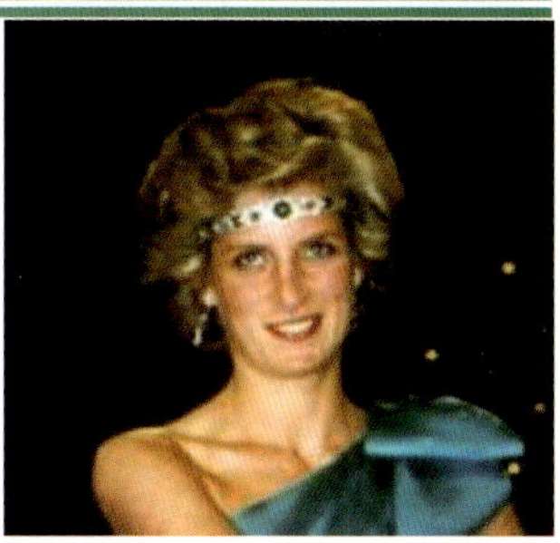

被戴安娜戴在额头上的剑桥祖母绿短项链

在这套珠宝中，伊丽莎白二世最爱的是德里朝觐项链，在很多场合都佩戴过它。它由八颗大的圆形祖母绿组成链身，周围镶着钻石，最特别之处是项链下面的吊坠是双吊坠——一颗巨大的剑桥祖母绿和一颗梨形的大钻石。大钻石是库利南钻石之一，与祖母绿相互掩映着分外夺目。

戴安娜公主祖母绿短项链

当然，其中最著名的还是剑桥祖母绿短项链，它又被叫做戴安娜祖母绿短项链。1920 年，玛丽皇后在 Garrard&Co 定制了这款珠宝，按照当时流行的装饰艺术风潮制作——珠宝造型要简洁，而且宝石要大。玛丽皇后只希望有 14 颗宝石，但祖母绿要大。所以这款短项链上的宝石不仅特别大，而且比一般的要少一些，切割方式选用一般用在钻石上的六十面圆切工，让祖母绿显得又大又亮。

后来这串项链传给了伊丽莎白二世，伊丽莎白二世又把它送给了戴安娜当做结婚礼物。戴安娜在许多场合都戴过它。开始，她用绿色衣服搭配祖母绿，端庄但显得中规中矩。后来，她创造

伊丽莎白女王及祖母绿王冠

性地把这串项链戴在了额头上当头饰。这种佩戴方法让这串项链顿时红了起来，成了英国皇室最著名的珠宝之一。

这套珠宝中价值最高的当属镶嵌着硕大祖母绿的朝觐皇冠。1911年，皇冠上面有五个尖顶，尖顶上镶了五枚硕大的圆形的剑桥祖母绿。后来，库利南钻石被切割之后，也有部分镶在了上面。玛丽王后在德里加冕的仪式戴过它。玛丽王后将这顶王冠直接传给了伊丽莎白二世，后来这顶王冠又在卡米拉和查尔斯王储结婚的时候戴在了卡米拉的头上，但是王冠上珍贵的祖母绿已经被取下来。

1917 年，一位年轻的英国贵族从俄国圣彼得堡的宫殿里偷了一顶俄罗斯公爵王冠出来，并悄悄带回了英国。1921 年，玛丽王后买下了这顶王冠。此后，玛丽王后又命人制作了 15 个打磨好的祖母绿宝石用来和珍珠交替使用，这些祖母绿和王冠上的珍珠都被做成未开放的花蕊的造型。玛丽王后去世后，伊丽莎白女王继承得到这顶王冠，她非常喜欢这件王冠，常常在各种场合佩戴。

王冠上的祖母绿

索非亚王后的祖母绿王冠及套饰

约瑟芬王后这顶价值不菲的祖母绿王冠（套装）来自于法国珠宝商，包括王冠、项链、两个胸针和耳环。但似乎她自己并没有戴过。她向珠宝商定制这套祖母绿珠宝大概是为了她俄国洛伊希腾贝格公国的子嗣，因为 1814 年她去世的时候，在她的遗产目录中并没有这些祖母绿首饰的影子。法国约瑟芬王后的孙女、瑞典的约瑟芬王后也有一顶这样的祖母绿王冠——或许就是这顶，然后留给了后来的瑞典国王奥斯卡二世的妻子索菲亚王后，索菲亚王后各有一套成色相当的蓝宝石和祖母绿珠宝套装，分别给了她两个儿媳妇。蓝宝石套装给了五世的妻子维多利亚王后，另外一套祖母绿套装给了卡尔王子的妻子丹麦公主英格博格。1937 年，现任挪

欧也妮皇后祖母绿王冠

威国王哈拉五世出生的时候，她的母亲英格博格王妃把这顶王冠送给了玛莎王储妃作为礼物。

法国欧也妮皇后祖母绿王冠镶有 11 颗哥伦比亚梨形祖母绿宝石，重量超 500 克拉，是为公主凯塔琳娜·亨克尔·冯·多纳斯马量身打造。这是一顶极其罕见的皇冠，被认为曾是拿破仑三世皇帝的妻子欧也妮皇后的个人收藏品，也曾被德国的古德·亨克尔·冯·杜内斯马克伯爵送给其第二任妻子卡特丽娜。瑞士苏富比拍卖行近期成功交易了这顶祖母绿皇冠，据称是一位来自北美地区的匿名买家通过电话以 1128 万瑞士法郎的惊人价格拍下该皇冠的。这顶皇冠创下祖母绿珠宝首饰的拍卖新纪录。

伊朗王后法拉巴列维王冠

伊朗王后法拉巴列维王冠由红宝石、祖母绿、珍珠组成，王冠重达 1600 克，有 1469 颗钻石、36 块纯绿宝石、36 粒美玉和 105 串珍珠。王冠上的两颗雕刻过的祖母绿是该王冠上的特征宝石，两颗宝石相互重叠，周边镶有钻石。上面的一颗重 91.32 克拉，在六边形上刻有放射状凹槽；下面的一颗重 47.63 克拉，在水滴形弧面上刻有扇状凹槽。王冠上还有两颗分别重 66.35 克拉和 63.83 克拉的大祖母绿，它们为现代的阶梯状琢型。

勇敢者之石——海蓝宝石

海蓝宝石与祖母绿同属绿柱石类矿物。自然界中海蓝宝石的晶体十分普遍，且通常比祖母绿晶体要大许多，因此，海蓝宝石的价值比祖母绿要低。绿柱石族矿物家族除海蓝宝石外，还有粉红色绿柱石(摩根石)、金黄色绿柱石、无色绿柱石、绿柱石猫眼等。10年前曾统称“绿宝石”，现在国标中已经取消了“绿宝石”这一不确切含义的名称。过去人们传说，这种美丽的宝石产于海底，是海水之精华，所以航海家用它祈祷海神保佑航海安全，称其为“福神石”。过去我国称海蓝宝石为“蓝晶”。海蓝宝石长期以来被人们奉为“勇敢者之石”，并被看成幸福和永葆青春的标志。西方人认为，佩带海蓝宝石能够使人具有先见之明。同时，它还具有催眠和压邪的力量以及神奇的医用价值，用海蓝宝石浸过的水可以治眼疾和打嗝。

宝贝数据库

摩氏硬度：7.5

相对密度：2.68～2.80

折光率：1.567～1.590

海蓝宝石晶体

除了保佑平安，海蓝宝石也堪称“爱情之石”。在古希腊神话中有一个叫做罗兰的风神，长相英俊但是地位卑微，后来他爱上了一个凡间的女子，这为当时的神界所不许，为了忠于自己的爱情，

他不惜付出生命。临死前，罗兰乞求爱神维纳斯将他的灵魂封存在海蓝宝石中作为 3 月诞生人的诞生石，保佑人们找到自己的爱情。因此地中海国家的人们都喜欢佩戴海蓝宝石，以便能让自己拥有甜蜜的爱情、维持婚姻的美满。海蓝宝石的颜色为绿蓝色至蓝绿色、浅蓝色，一般色调较浅。有的具特殊的猫眼效应、星光效应。纯净的绿柱石是无色的，甚至可以是透明的。

海蓝宝石晶体

巴西是世界海蓝宝石最著名的产出国，目前世界上最大的海蓝宝石晶体于 1920 年发现于巴西米纳斯吉拉斯州的马拉姆巴伊亚矿山，重达 110.322 千克，长 19 英寸，宽 16 英寸，六方棱柱形，顶底平，外绿内蓝，透明，从柱顶能看清底部的物体。当时它卖了 25 000 美元，后来被切割成许多高质量的海蓝宝石晶块。美国自然历史博物馆收藏有一块其外部为绿色的重 13 磅（约 5.9 千克）的未经琢磨的晶块。

绿柱石晶体

约在 1600 年，奥地利的利奥波德一世曾买下过一颗产自巴西的重 492 克拉的海蓝宝石，现存于奥地利维也纳的珍宝库中。纽约市海蓝公园博物馆收藏有一块来自巴西的重 1847 克拉的美丽海蓝宝石，它是 1935 年巴西政府赠给弗兰克林·罗斯福夫人的。英国自然历史博物馆收藏有一块产自巴西的重 879.5 克拉、无瑕疵、海水绿色、切磨为阶梯状的海蓝宝石。在葡萄牙的珍宝库中，也收藏有一些产自巴西的优质的海蓝宝石，其中有一颗没有切磨的重 1650 克拉的海蓝宝石，镶嵌在权杖上。

海蓝宝石戒指
（制造于 1910 年）

欧洲各国王室拥有海蓝宝石饰品比较普遍，较出名的是奥尔加公主的海蓝宝石钻石皇冠及项链。奥尔加本是俄国御医的女儿，1884 年，她嫁给了一位禁卫军军官，但婚后她还同禁卫军的首领 Paul 公爵保持着暧昧关系。公爵是沙皇的叔叔，尽管公爵行事非常小心，但还是惹得圣彼得堡的后宫很不满。皇后也不喜欢奥尔加，她劝说沙皇阻止这个离过婚的女子嫁给公爵，沙皇言听计从，并且强行解除了公爵的一切军方职务并查抄了他的财产。奥尔加和公爵被流放到了法国。直至 9 年后，沙皇才宽恕公爵，允许他们返回俄国家乡。为了表示补偿，沙皇恢复了公爵夫人佩里王妃的称谓。

玛丽王妃的珍珠海蓝宝石项链

值得一提的是，公爵夫妇虽然被流放法国，但他们在巴黎居住期间，仍然过着皇亲国戚的奢华生活，他们是卡地亚的常客。这顶海蓝宝石与钻石镶嵌的皇冠和配套的项链就是公爵在这个时期为他的爱人奥尔加定制的。

2009 年 5 月 12 日,在日内瓦苏富比拍卖会上，皇冠起拍价 12 万到 17 万瑞士法郎，项链起拍价 12 万到 17 万瑞士法郎。

重达 898 克拉的海蓝宝石

玛丽王妃佩戴珍珠海蓝宝石项链

奥尔加公主的海蓝宝石钻石皇冠、项链

透明中暗藏着神秘——水晶

古往今来，人们认为世界上最纯净的东西莫过于水晶。水晶常被人们比作贞洁少女的泪珠、圣人智慧的结晶、大地万物的精华。水晶甚至可以预见未来，给人们指引方向，真可谓水晶无处不在。它的魅力被演绎得淋漓尽致，人们还给珍奇的水晶赋予许多美丽的神话故事。水晶是人类最早利用的宝石品种之一。

宝贝数据库

摩氏硬度：7

相对密度：2.56～2.668

折光率：1.544～1.553

非洲的很多部落，至今还保存着许多古代的色彩。在加纳，酋长会客时要戴上水晶一类质料的项链，胸前垂着一个金质三角。在肯尼亚，少女们脖子上缠绕着沉甸甸的水晶粒珠项链，长达几十圈，满满地堆在脖子上。

在欧洲，14世纪袒露胸部的女服开始流行起来，水晶项链的地位就变得惹人注目了。15世纪水晶项链开始变得更大更长，这是因为当时妇女的裙子很长，袖子也很长，为了和衣裙的长度相协调，项链也自然变长了。16世纪可称为水晶项链的黄金时代，当时英国的伊丽莎白女王佩戴好几串水晶项链，长长短短、大圈小圈地交叉围绕在胸前，构成了美丽的图案，最长的一直达到腰际。18世纪加工技术进一步发展，可以把水晶磨成各种形状的多面体，水晶项链就成了高贵华美的贵妇人项饰。另外，当时还流行一种用黑天鹅绒制成的饰带，下边挂上十字架、勋章或水晶坠子。水晶也曾经作为高贵的宝石出现于欧洲王室的王冠上。

中国水晶王

水晶，中国古时叫水玉，之所以称其为水玉，是因为古人看重“其莹如水，其坚如玉”的质地，意似水之玉。水晶又称为水精，《广雅》有巧解：“水之精灵也。”李时珍则说：“莹洁晶光，如水之精英。”水精为七宝之一，古人还用水晶雕琢许多用具和装饰品。佛家弟子确信，水晶会闪射神奇的灵光，可普度众生。于是水晶被尊崇为菩萨石。

水晶有许多种颜色，常见的有水晶、紫晶、烟晶、黄晶等。

水晶觥杯（清）

从单晶宝石方面来看，水晶堪称宝石家族中的巨人，30～50 厘米的水晶较为常见。美国华盛顿斯密逊博物馆收藏有直径为 21 厘米的天然水晶球，并藏有堪称世界最大、最纯净的一块重 107 磅的水晶块。马达加斯加博物馆保存着一块世界最大的水晶石块，长 18 米，重 187 吨。巴西博物馆陈列一块重达 35 吨的紫晶晶簇。在中国地质博物馆收藏着一块重达 3500 千克的水晶王，以及一块珍稀的、直径达 3 厘米的绿色水晶。世界上最大的水晶单晶体产于巴西，长 5.5 米，宽 2.5 米，重 40 余吨。

具有醒酒作用的紫水晶

紫晶晶洞

关于紫晶有这样一个传说。相传古代希腊酒神巴斯卡爱上了美丽的女神戴安娜，但是女神戴安娜并不爱他，并拒绝了他的求爱。巴斯卡恼羞成怒，就与女神戴安娜结了怨。为了报私仇，酒神巴斯卡发誓，他每天所遇到的第一个女人将会被他拿来喂老虎。

一天，一名叫阿麦斯特(Amethyst)的美丽少女经过他的小道，他便把她推到一只凶猛的老虎面前。在这危急关头，女神戴安娜出现了，为使少女免遭残害，戴安娜施法术将少女变成了一块白色的石头雕塑。面对雕塑，巴斯卡顿然醒悟，并被这尊洁白的雕像深深迷住了。他情不自禁地将手中的葡萄酒倒在雕塑上面，慢慢地，这块石头居然变成了美丽的紫水晶。为弥补自己的过失，也为了纪念这位少女，于是酒神便以少女的名字“Amethyst”来命名紫水晶。

从此以后，紫水晶就作为醒酒之石被点缀在男士的首饰和服饰上，以使喝酒者免于失去理智。

在18世纪末至19世纪初，紫晶备受人们关注和赞赏，因为那时紫晶的产量很小，属于稀有的宝石品种。英国国王乔治三世的妻子夏洛特王后，在当时拥有一条被认为是非常有价值的紫晶项链。英国玛丽王后在一次抽奖活动中赢得了一些紫水晶，她把它们制成一顶王冠，在她去世后，这顶王冠留给了伊丽莎白王后，但是它们已在多年前被出售。瑞典西尔维娅王后也有条紫水晶项链，本属约瑟芬皇后，后西尔维娅王后将它改装成王冠，现为瑞典维多利亚公主所有。

历史上产自俄国乌拉尔的西伯利亚紫晶享有一定的声誉。在1660年丹麦的君主制度成为世袭后，弗雷德里克国王曾下令制作具有斯堪的那维亚风格的御座。御座是用一角鲸的牙齿制作的，这是在庆典仪式场合下使用的御座，有相当鲜艳夺目的装饰。在御座天篷的中心悬挂着西伯利亚紫晶，它的形状呈延长的八角形，并镶嵌在一个狭窄的格架上。这颗宝石现收藏于哥本哈根的罗森博格城堡，该城堡现已成为集珍宝、古董、绘画、钟表和早期天文仪器的综合博物馆。

俄国的凯萨大帝有一颗产自乌拉尔的紫晶，这颗紫晶被描述为“在夜间能微微地发出红色闪光”。奥地利维也纳珍宝库中有一颗巨大的梨形紫晶饰品，高11.8厘米，曾是西班牙的查理二世送给利奥波德的礼物，它曾被悬挂在镶有祖母绿的王冠上作垂饰，是17世纪的工艺。

玛丽王后紫水晶王冠

西尔维娅王后紫水晶项链

事关西班牙存亡的钛晶手镯

一天，西班牙国王大发雷霆，他发动全国民众寻找一只手镯。终于，他们从外来的商人那里了解到了手镯的下落。国王当即下令，派手下的大臣去将手镯取回。这位贪心的大臣在取回宝镯的同时在当地大肆抢掠财物，引起了印第安人的极大愤怒。于是，印第安人联合起来，组成了一个船队埋伏在洛豪德岛的附近。当大臣的船队到达洛豪德岛的时候，印第安人便从四周包围过来，四面夹击，最后将西班牙的船队一举击溃。大臣和他的女儿、手下以及船上的金银珠宝一起沉入海底——一切都消失了。

在海战的第二天，一艘航海船途径这片海域，海中一件闪闪发光的物体吸引了船长，船只很快追上了这件移动的发光物体。原来是那位大臣的女儿，而托着她的竟是一只漂亮的海豚，海豚嘴里正叼着一只闪闪发光的手镯。最后，船长带着大臣的女儿和手镯回到了西班牙。作为奖励，国王将大臣的女儿许配给船长，并将船长升职为大臣。

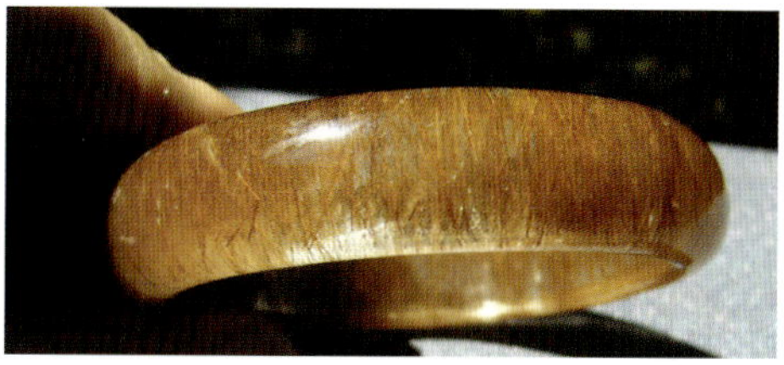

金发晶手镯

究竟是什么样的一只手镯竟能让国王大发雷霆，并以大臣之职相赠呢？原来这只钛晶手镯相传为维纳斯女神赐给西班牙的神物，女神曾经预言，宝镯关系到西班牙的存亡。在钛晶手镯的保佑下，西班牙得以繁荣昌盛。

黄发晶手镯

钛晶是包裹体水晶含有发状、丝状、针状等矿物晶体形态的水晶晶体，在水晶市场上，经营者常把金色或黄色发状和针状金红石发晶称为“金水晶”或“黄发晶”。而钛晶则是以金红石的主要化学成分钛命名。

“能唱歌、会说话”的水晶头骨

古印第安人世代流传着这样一个传说：他们的祖先在世界各地留下 13 个水晶头盖骨，它们能说话、会唱歌，里面隐藏了有关人类起源和死亡的资料，能帮人类解开宇宙生命之谜。根据传说，人们必须在 2012 年 12 月 21 日之前找到全部头骨，让其聚集在一起并按正确的位置摆放，否则地球将飞离轴心。

1924 年，英国考古学家迈克·米歇尔·黑克斯和他的养女安娜发现了一座古代玛雅人的城市遗址。在这座遗址里，安娜发现了一件稀世珍品——一块和真人头骨一般大小、高 12.7 厘米、重 5.2 千克、通体透明的水晶头骨。这是用整块水晶镂刻出来的。

难道真的有 13 个水晶头骨散落在世界各地？我们只有在特定的日期之前收集齐水晶头骨才能拯救地球吗？暂且不论这传说的真实性，水晶是一种硬度极高，几乎无法任意切割、随意造形的宝石，但古玛雅人却可以轻易地完成如此精巧的水晶制品，真是令人惊叹！

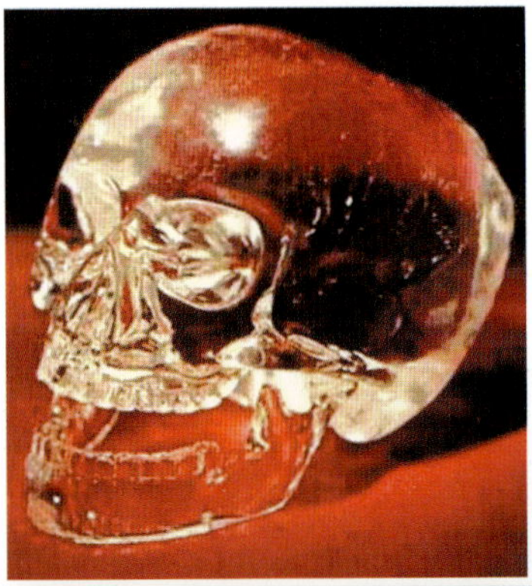

水晶骷髅头

宝石家族中的色彩之王——碧玺

1703 年，荷兰阿姆斯特丹，几个小孩玩着荷兰航海者带回来的石头。他们发现，这些石头不仅能在阳光下出现奇异色彩，还能吸引或排斥灰尘、纸屑，因此，荷兰人把它叫做吸灰石。1768 年，瑞典著名科学家林内斯发现这种石头具有压电性和热电性，所以又称其为电气石。其中文名称“碧玺”之由来已不可考，但由作为帝王象征之“玺”可推测出其必然出自皇家。

蓝色碧玺晶体

碧玺的颜色较为丰富，包括光谱色中的各种颜色，并且深浅、浓度不一。常见粉红色、绿色、深蓝色、天蓝色、褐色和黑色等，堪称宝石家族中的色彩之王。所以又被称为“多彩宝石”、“混色宝石”。

多色碧玺晶体

绿色碧玺猫眼戒指

其实碧玺很早就被发现和利用，但是早期它可能是被当做了祖母绿，所以早期宝石著作中没有记载。在巴西的克鲁赛罗地区有一座山，1674 年就产出了绿碧玺，因其颜色十分像祖母绿，被认作祖母绿，那座山就被

碧玺晶体

称为“祖母绿之山”。后来，这座山里又发现了绿碧玺和蓝碧玺，但至今并无祖母绿产出。可见那里最早发现的祖母绿很可能就是碧玺。17 世纪巴西向欧洲出口的深绿色长柱状碧玺，当时被称为“巴西祖母绿”。这种绿色的柱状晶体被发现很多年，对它的认识却很模糊。同样是碧玺，黑电气石（黑碧玺）16 世纪人们就已经认识了，但是到了 1768 年，瑞典著名科学家林内斯才发现黑电气石和绿色品种(绿碧玺)之间的关系。此后不久，法国科学家迪利索最后证实了绿碧玺和黑碧玺在结晶特征和物理性质上相同，应属同一矿物。巴西帕拉伊巴州还发现了罕见的紫罗兰色、蓝色碧玺。1978 年在巴西发现了世界上最大的碧玺晶体，长 130 厘米，直径 40 厘米。美国则以优质的粉红色碧玺而著称，也产出各种颜色的优质碧玺。意大利则以产出无色碧玺而闻名。

罕见的双色碧玺

碧玺龙凤鼻烟壶（清乾隆）

多彩碧玺吊坠

翡翠碧玺手串（清）

多色碧玺雕件

帕拉依巴蓝色碧玺戒指

碧玺在中国也颇受推崇，碧玺取音“避邪”，寓意吉利，在我国清代皇宫中，存有较多的碧玺饰物。碧玺曾是慈禧太后的最爱，据记载，慈禧太后的殉葬品中有一朵用碧玺雕琢而成的莲花（重量为 36 两 8 钱）以及西瓜碧玺做成的枕头，当时的价值为 75 万两白银。

碧玺以她华美的色彩、晶莹剔透的晶体在众多宝石中出类拔萃，她的一百多种色彩使她五彩斑斓、万紫千红。此外，碧玺具有很高的环境净化和调理人体健康的价值，也是目前人类所发现的唯一一种既

带磁场又带电场的能量石，是具有环保、养生双重作用的天然矿石。碧玺在常温下可以有效地减弱和中和生活中无处不在的电磁辐射，减少天干物燥时发生的人体静电现象。中国古语说女性戴碧玺旺夫旺子，有部分原因是古人发现一家之中女性佩戴碧玺时，全家老小的身体健康状况比之没有碧玺的家庭更加理想、良好。如今，碧玺已经成为仅次于钻石、红宝石、蓝宝石、祖母绿、金绿宝石的有色宝石之一，碧玺的身价大幅提升，成为深受人们喜爱的高中档宝石品种。碧玺中以帕拉依巴碧玺价位最高，这是一种特殊霓红蓝绿色调宝石，1989 年在巴西帕拉依巴州发现，这种顶级碧玺零售价可达每克拉 2 万美元以上。由于碧玺性较脆，在雕琢打磨过程中容易产生裂隙，因此，自古以来能成型、大颗的碧玺收藏品非常难得。在近两年举行的珠宝拍卖会上，色彩艳丽、颗粒大的碧玺价格呈上升趋势非常明显。

各色碧玺项链

绿色碧玺坠

红色碧玺戒

猫眼碧玺项链

古罗马人眼中的“丘比特之子”——欧泊

许多资料证明，19世纪前，欧泊几百年来一直为人类所爱慕和珍藏。在欧洲，欧泊是幸运的代表，古罗马人称之为“丘比特之子”，是恋爱中美丽的天使，被认为是希望和纯洁的象征。在那时，欧泊被认为能预防佩带者生病。东方人把它看做象征忠诚精神的神圣宝石。阿拉伯人相信，欧泊是从闪闪发光的宇宙掉下来的，这样才获得了它神奇的颜色。在古希腊，欧泊则被认为拥有给它们主人以预见灵光的力量。

欧泊原石

黑色欧泊戒面

到了19世纪，出现一些不利于欧泊的迷信传说，在当时的传说中欧泊联系着不幸。这与沃尔特·斯哥特写的一部名叫《盖也斯顿的安妮》的小说有关。在这本书里，女主人公有一块能反映她的每种情绪的欧泊石，当她愤怒时欧泊石就闪烁着火红色，并且在她死后立即“燃烧成苍白的灰色”。结果有些人开始相信欧泊石是不吉利的。有一位为皇家制作首饰的金匠在制作欧泊首饰时不小心损坏了昂贵的欧泊，路易斯

欧泊饰品

六世下令砍了那位金匠用来做工的手。从那以后金匠们觉得那都是欧泊惹的祸，是欧泊的不吉利造成的。

那段时期欧泊的价值也在仅仅半年中就一落千丈，整个欧洲的宝石市场因此萧条了十年。其实，一些钻石商人在 19 世纪到 20 世纪早期认识了艳丽的欧泊后，直接感觉到对于他们赖以生存的钻石生意的威胁。欧泊，凭借着它鲜艳的色彩，对钻石的销售存在着分流消费群的威胁。于是，一些钻石商人就通过散布“欧泊与厄运联系在一起”的谣言来保护自己的生意。但是，当时的皇室成员及一些著名人士是公认的欧泊迷，他们把欧泊作为贵重、体面的礼物相互赠送，欧泊才重新得到世人的宠爱，迷信也因此而消失了。维多利亚女王就曾送给她的五个女儿每人一枚漂亮得惊人的欧泊石。

目前，澳大利亚是世界上出产欧泊的最主要产地。在澳大利亚发现欧泊矿床以前，世界上的欧泊主要产自匈牙利，在维也纳的珍宝库中，收藏有一块重 482.95 克的匈牙利欧泊，呈水滴形，镶嵌在一个带有 3 个扣的格架内。这块欧泊产自匈牙利的瑟诺威特兹矿。现在世界上著名的欧泊均产自澳大利亚。

绿色欧泊

1918 年，矿工杰克·菲利浦和瓦尔特·布拉德雷在澳大利亚新南威尔士的莱延岭已废弃的矿井中发现了一块在黑底上显现出铜红色变彩的黑欧泊，这块欧泊琢磨后重

253 克拉，取名“火焰女王”，是澳大利亚发现的最优质的欧泊之一。

1920 年，加拿大人比尔和吉米·穆雷也在莱延岭发现了一块欧泊，这块欧泊上的变彩非常像红蛱蝶的翅膀，故而得名“红蛱蝶”。

1946 年，在澳大利亚安达莫卡矿距地面 9 米的平巷内发现了一颗重 141.75 克的欧泊。这颗欧泊被切磨成一颗弧面形宝石，长约 8 厘米，重 203 克拉。这是一颗优质的白欧泊，当转动宝石时，可以连续呈现红色、橙色和蓝色变彩，既无瑕疵也不含任何包裹体，对于同样大小的宝石，这颗欧泊的质量是极为罕见的。1954 年，南澳大利亚政府把这颗宝石镶嵌在钻石项链上，送给了英国女王伊丽莎白二世。

1956 年 8 月，在南澳大利亚的库伯佩迪矿发现了重达 3600.45 克的名为“澳大利亚奥运会”的欧泊石，这是目前世界上发现的最大的欧泊石。现为奥尔特曼及彻尔内有限公司所有，曾在墨尔本公开展出，价值 180 万美元。

美国内华达州的维尔京峡谷也曾发现过两颗著名的欧泊，一块名为“罗布林”，发现于 1917 年，重 2665 克拉，现藏于美国华盛顿史密森博物馆；另一块名为“格鲁布斯特克”，现藏于美国纽约自然历史博物馆。

各色欧泊

宝石中的皇后——珍珠

据古生物研究，远在距今2亿年前的三叠纪时代贝类开始繁衍后就有珍珠生成了，珍珠是人类最早利用的珠宝之一。《圣经·创世记》中记载：从伊甸园流出的比逊河，“在那里有珍珠和玛瑙”。天然珍珠的采撷史至少已达数千年之久。据记载，印度洋上的马尔代夫、印度南部沿海、斯里兰卡西部的马纳尔湾、孟加拉湾、埃及沿海（红海），特别是波斯湾，都曾是世界上久负盛名的天然珍珠产地。波斯湾等地的采珠史至少有四千年之久。早在公元前数百年，古埃及的贵族就盛行珍珠装饰，埃及历代女王都以拥有珍珠为莫大的荣耀。印度南部的印度洋浅海水域是优质珍珠的原产地，印度人早在四千年前就知道珍珠的华贵，古印度的《法华经》、《阿弥陀经》就记载说，珍珠是“佛家七宝”之一。时至今日，在印度的巴罗达市仍珍藏着一条珍珠饰带，上面镶缀着100排珍珠，可以说价值连城。欧洲人喜好珍珠则是公元之后的事。据说，西班牙一位冒险家在东游印度归来之后，不无感慨地写道：“每一间茅舍里都能发现宝石，庙宇则是用珍珠装饰起来的。”“珍珠之多，即使有九百个人和三百匹马，也无法将它们全部拿走。”1530年之后，欧洲许多国家开始为珍珠立法，规定人们必须按照社会地位

宝贝数据库

摩氏硬度：2.5～4.5

相对密度：2.66～2.78

折光率：1.530～1.686

及身份等级佩戴珍珠。于是，珍珠开始像其他贵重的宝石一样成为贵族男女炫耀财富与地位的标志。

俄罗斯皇后亚历山德拉佩戴钻石珍珠皇冠

大主教的珍珠镶嵌礼冠

我国是世界上最早利用珍珠的国家之一，远在大禹时代，就将南海“玑珠大贝”作为贡品，汉朝时广西合浦已有采珠业。在我国古代，珍珠与璧玉并重。《海药本草》称珍珠为真珠，意指珠质至纯至真的药效功用。《尔雅》把珠与玉并誉为“西方之美者”；《庄子》有“千金之珠”的说法。帝皇冠冕上的宝珠，后妃簪珥的垂珰，甚至皇家的花束、金杯、金银艺术品都嵌珍珠，都是权威至上、尊贵无比的象征。清代的朝珠中，珍珠朝珠是只有皇帝、皇后方能佩戴的。

俄罗斯皇后亚历山德拉佩戴钻石珍珠皇冠项链

中国养珍珠技术始于宋代。古时人们将铅或锡制的菩萨核塞入产珠贝壳内，放在水中养殖，待1～2年后再将贝捞回取佛像珠。据史载，13—20世纪，中国人以稳定的菩萨珠产量在商业上获取了相当的利益。1880年，日本御木本幸吉采用中国古老养珠法培养出各式各样的珍珠。后来，御木本幸吉找到了养殖圆珠的奥秘，日本人尊称御木本幸吉为“养珠之父”。

中国珍珠有北珠和南珠之分。北珠为淡水珠，主要

金镶珍珠地球仪（清）

珍珠朝珠（清）

珍珠黄金凤冠

FEICHANGBAOBEI

丹麦玛格丽特女王佩戴珍珠王冠及套饰

丹麦公主、希腊王后安妮玛丽的珠宝

产于中国东北的淡水河流中，其采珠史可追溯至后汉。北珠颗粒硕大，颜色鹅黄，鲜丽圆润，晶莹夺目，因而备受皇室赏爱。在大清之前，北珠一直是历代王朝的专享贡品。可惜的是，曾经辉煌的北珠在清初—清中期由于人们的滥采而最终灭绝。

南珠即著名的广西合浦珍珠，为海水珠，历史上盛产于广西合浦县的北部湾海域。古时有白龙、杨梅、青婴、平江、断望、乌泥、珠沙七大珠池。合浦珍珠历代受到皇室的重视，岁岁向皇室进贡。在汉代，合浦有数千人以采珠为生，史称“珠民”。《后汉书·孟尝传》曾记载一个“合浦珠还”的传奇。历代滥采使南珠生长受到极大破坏，南珠资源在清朝后期的1695年已近枯竭。现在的南珠指合浦海水养殖珍珠。

温莎公爵夫人价值不菲的珠宝

属于肯特公爵家族的珍珠王冠

属于俄罗斯的大公夫人的珍珠套饰

18世纪后期印度和斯里兰卡珠场的产珠牡蛎资源也已枯竭。1800年末期天然珍珠产量骤降，价格节节高升，几乎比当时最优品质的钻石价格还贵。这段世界珍珠的“黑暗时代”一直延续到1888年日本养珠之父御木本幸吉氏建立世界第一座珍珠养殖场，才让珍珠商人和爱珠之人松了一口气，开创了人类养殖珠开发的新阶段。

珍珠历史的时间表大致可分为三个阶段：距今 2 亿年至 1 万年为珍珠自然形成阶段；距今 1 万年至 17—18 世纪为采珠史阶段；1888 年至今为养珠史阶段。

巴罗达珍珠

珍珠自从被发现的那一刻起，人类就对它的天生丽质爱不释手，不但将其视为天赐之物，奉若神明，而且将其视作财富与华贵的象征。偏爱珍珠，是世界上不同肤色的人们不约而同的选择。

近年来，珍珠的需求量翻了几番，珍珠消费一直呈上升趋势。

2007 年 5 月，一颗重 575 克拉名为“阿尔科·凡雷之珠”的珍珠被拍卖。这粒呈不规则形状、长约 7.87 厘米的珍珠为海水珠，主要为白色，带有一点蓝色，边缘混有粉色和浅黄色。这种珍珠的价格通常取决于其大小、色泽、重量、历史及前人的出价。据介绍：它已经 800 岁，得名于以前的主人——奥地利的阿尔科·凡雷家族。珍珠上有三处穿孔痕迹：一次是装饰在一名贵妇的头饰之中；一次是装饰在一件礼服上；还有一次是装饰在一名波斯王的头冠上。后来，奥地利一家法庭的档案确认，这颗珍珠曾为忽必烈所有。专家们认为，忽必烈把珍珠当做礼物送给当时在中国的马可·波罗，因此显得尤为珍贵。

巴布亚湾珍珠套装

2007 年 4 月 27 日，在佳士得纽约拍卖会上，一条以 68 颗罕见天然珍珠串成的项链惊艳全场。珍珠直径尺寸自 9.47 毫米至

“珍珠女神”与“南珠王”

16.04 毫米依次递增，卖出了近 710 万美元的天价，比过去纯天然珍珠项链创下的价格纪录还高两倍，堪称世界上最贵的一条珍珠项链。这条巴罗达珍珠项链是 19 世纪 50 年代的印度巴罗达大君坎德罗搜罗各地最大最好的珍珠串成，原本有 7 股，但 1948 年后断裂成只剩两股。这条巴罗达项链珍珠颗颗大如弹珠，透着淡淡的粉红色光芒，以知名珠宝商卡地亚的扣环系住。整套还包括一对珍珠镶钻垂吊式耳环、珍珠镶钻胸针、白金戒台的珍珠镶钻戒指，在买主爆满的拍卖会场，持续三分钟竞标后卖出，买主是位透过电话竞标的亚洲私人收藏家。

巴布亚湾珍珠套饰包括项链、手链、吊坠及戒指，共镶有 193 颗天然珍珠，166 颗钻石，其中 128 颗珍珠的总重量达 325 克拉，66 颗钻石的重量共近 160 克拉。价值2000 万美元。2010 年宝龙拍卖公司拍卖了一粒重达 2.25 千克的天然珍珠，据说，这是世界上已发现的第二大珍珠。这颗形状像人脑的珍珠直径达 15 厘米，发现于菲律宾巴拉旺岛附近水域。这颗珍珠拍卖估价在 30 万到 40 万美元之间。

2010 年上海世博会广西馆的镇馆之宝是一座名为“珍珠女神”的雕像，她头戴的皇冠由 228 颗南珠、1880 枚钻石和 18K 黄铂金镶嵌而成，上面的珍珠最小的直径 6 毫米，最大的直径 15 毫米，总价值为 600 万元，不愧为一顶“超级皇冠”。“珍珠女神”脚下还用大量珍珠摆成海浪的图案，即使是陪衬用的珍珠，也是从天然珍珠中精挑细选出来的。装扮整座雕像大约用了 10 公斤珍珠。“珍珠女神”手心里的那颗珍珠直径约 25 毫米，是目前发现的中国最大的天然珍珠，号称“南珠王”， 在射灯的照射下散发出迷人的光晕。这枚“南珠王”价值 200 万元，是 1990 年一名珠农偶然在北部湾海域发现的，一直存放在北海的南珠宫里。

世界上最大的天然海水珍珠

1934年5月7日，人们在菲律宾的巴拉旺水域打捞起一具尸体，连同尸体一起打捞起来的还有一个巨蚌。据说，这名惨遭不幸的游泳者是因为被这个巨蚌紧紧夹住了的右臂，无论怎么挣扎也没法将巨蚌甩开，最后与巨蚌一起沉入海底。在巨蚌的体内，人们意外地发现了一颗巨大的珍珠，它形似人脑，长241毫米，宽139毫米，重6350克。人们给她起了一个响亮的名字——真主之珠。

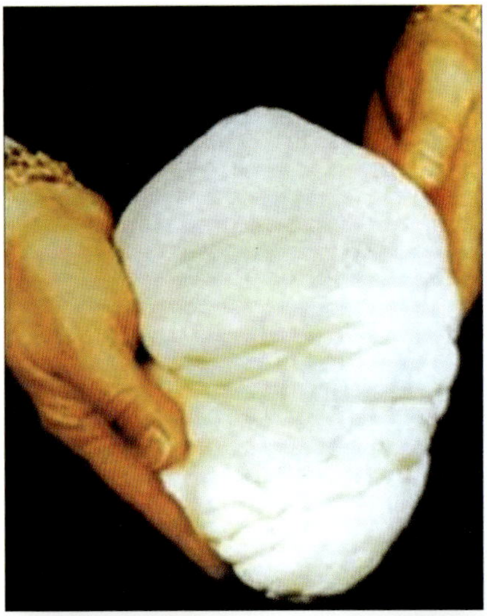

又相传这颗珍珠是2500年前我国古代哲学家老子将一个小护身符植入蚌内生长起来的，所以又叫做“老子之珠”。

1969年美国医生哥普因治好了“老子之珠”的主人——当地酋长儿子的病，酋长为感谢他，将“真主之珠”送给了他。这颗珍珠现存在美国旧金山银行的保险库中，1971年的标价是408万美元。不过，这颗世界上最大的天然海水珍珠并不是一颗优质珍珠，其光泽较差。

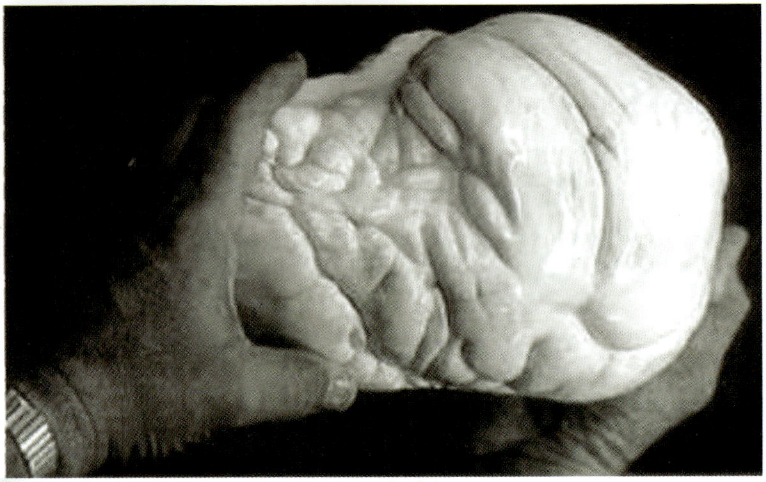

老子珍珠

险些被马桶吞噬的亚洲之珠

亚洲之珠

1993年2月10日，在日本东京一家珠宝店为纪念日本人工养殖珍珠成功100周年举办的展览上，人们见到了一颗长100毫米、宽60～70毫米的巨大珍珠，在它的旁边还配有碧玺，这就是从人们视线中消失了几十年的世界第二大天然海水珍珠——亚洲之珠。

亚洲之珠在1628年采于波斯湾海域，重121克。当时波斯国王蒙乌尔将其买下，并命名为“亚洲之珠”。国王将“亚洲之珠”送给了十分喜爱珍珠的皇后，据说他还为皇后修建了一个“珍珠寺”。

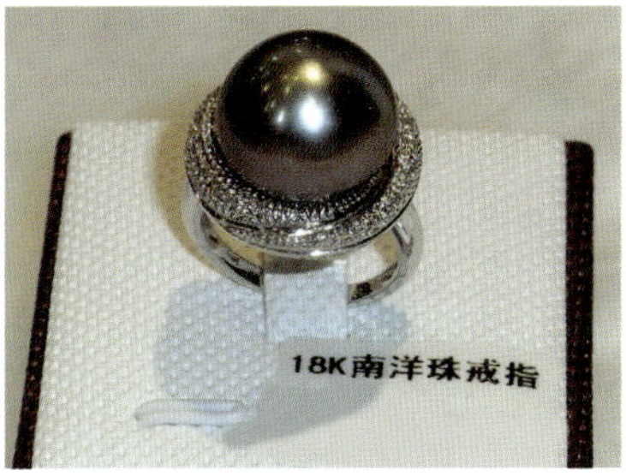

南洋珍珠首饰

后来，在其发现一个世纪后，另一位波斯国王把“亚洲之珠”送给了中国清代的乾隆皇帝，成为乾隆的宠物。慈禧获得此珠后，让宫廷工匠配了一大块碧玺，意在避邪，便成了现在的样子。1900年八国联军攻入北京，将亚洲之珠抢走，从此下落不明。

18年后，即1918年，“亚洲之珠”在香港出现，一位中国官员以约5万港币的重金买下。在此期间，一对比利时夫妇将珍珠盗出，警方闻迅后入室搜查。这对夫妇企图消灭罪证，将珍珠投入抽水马桶。幸亏珍珠巨大，塞在水管中未能被冲走。

“亚洲之珠”还被当做债务抵押品，抵押给天主教外方传教理事会。后因债务人还不起债，“亚洲之珠”便成了教会的收藏品。“二战”以后，这颗珍珠曾在巴黎出售，但售价和买主都秘而不宣。从此以后，“亚洲之珠”便失去了踪迹。直到1993年出现在日本的珠宝展上。

附在蚌壳上的霍普珍珠

霍普珍珠又称为“希望之珠”，是一颗巨大的似水滴形的异形珠，重 450 克拉，长约 5 厘米，最大部分周长 11.5 厘米，最小部分周长 8.25 厘米。此外，这颗珍珠的颜色也是非常独特的，小的一端颜色是纯白色的，大的一端是铜绿色的。这颗珍珠属于银行家亨利·菲利浦·霍普所有，他还曾拥有过著名的霍普钻石。“希望之珠”曾在第二次世界大战期间丢失，1993 年日本人为纪念人工养殖珍珠 100 周年，特地从伦敦借来了“希望之珠”作为展品。

据说，霍普珍珠被发现时依附于软体动物的壳上，这种类型的珍珠称为贝附珍珠（或附贝珍珠）。“希望之珠”曾被用作垂饰，装饰在法国国王的王冠上。

霍普珍珠

1908 年，英国皇家珠宝匠加拉德曾以 9000 英镑买下了这颗珍珠，但在 1974 年又以 20 万美元被个人收藏者买走，现在这颗著名的珍珠收藏在大不列颠国家历史博物馆。

霍普对珍珠有着特殊的嗜好，他收藏有 148 颗形状和光泽俱佳的珍珠。其中还包括两颗大粒的优质珍珠，一颗重为 37.75 克拉，呈奶白色，采自玻利尼西亚；另一颗重 31 克拉，顶端呈蓝白色，四周呈暗青铜色。

画像中的拉·佩日格里纳珍珠

拉·佩日格里纳珍珠也称为菲利浦二世珍珠，曾属于英国女王玛丽·都铎(1553—1558 年)所有。据说这颗珍珠产自于巴拿马，由一个巴拿马的奴隶采珠人采到。另一种说法是这颗珍珠产自委内瑞拉。但是在西班牙和英国有几幅玛丽女王佩戴着这颗珍珠出现在她和菲利浦二世结婚典礼上的画像，因此，可以肯定这颗珍珠发现于 1554 年以前。

珠蚌与珍珠

这颗珍珠最初由多·迭戈·德·特梅斯从南美带到西班牙，最先到了西班牙国王菲利浦二世手中，然后才进入玛丽·都铎之手。在她死后，这颗珍珠又回到了西班牙。之后又出现在菲利浦四世和波旁王朝的伊莎贝拉王后的画像上，以及菲利浦四世和奥地利的玛丽娜王后的画像上，这颗珍珠均作为一个坠饰。

后来的西班牙王后，还曾经把这粒珍珠用作耳饰，与其相配的是另一颗重量几乎与它相等的著名珍珠——查理二世珍珠。这颗珍珠是由加那利岛的多·德·阿尔篷特送给西班牙国王的。此珍珠发现于 1691 年，比拉·佩日格里纳珍珠晚一百多年，遗憾的是这颗珍珠在 1734 年马德里的皇宫被烧毁时也一同被烧毁了。

拉·佩日格里纳珍珠在 1813 年前一直保存在西班牙。当约瑟夫·波那帕特退位时，他带着这颗珍珠来到了法国，并在他的侄女霍顿瑟·德·贝奥哈内斯结婚时，把这颗珍珠送给了她。

1837 年，这颗珍珠为路易斯·拿破仑拥有。后来，拿破仑又把这颗珍珠出售给了马奎斯公爵，马奎斯公爵把这颗珍珠送给了妻子。最初，这颗珍珠上没有孔，很容易从固定它的首饰上滑落下来。在白金汉宫的一次舞会上，公爵夫人曾不小心丢失了这颗珍珠，非常懊恼，但很快又找回了这颗珍珠，它掉在另一位女士所穿的天鹅绒拖裙的折褶处。当这颗珍珠传到她儿子手中时，才在珍珠上钻了孔。钻孔后，这颗珍珠重 50.96 克拉，而钻孔前，这颗珍珠的重量是 58.5 克拉。

1969 年 1 月，拉·佩日格里纳珍珠在纽约的克里斯蒂拍卖行拍卖，好莱坞著名影星理查德·伯顿花费了 3.7 万美元买下了这颗珍珠，并把它送给了同为影星的妻子伊丽莎白·泰勒，作为她 37 岁的生日礼物。拉·佩日格里纳珍珠现仍存在。

淡水珍珠项链

紧锁深宫的无敌舰队珍珠

金色珍珠项链

奥冬内尔是统治多尼戈尔的爱尔兰人，他反对英国的伊丽莎白一世女王，因此，女王把他投入都柏林城堡监狱。他从狱中逃出后组织了一支军队。当时英国和西班牙两国矛盾日益尖锐，正处在敌对状态，为此，奥冬内尔投靠了西班牙的菲利浦二世国王。1588 年，英国和西班牙两国间爆发了大规模的海战，西班牙的菲利浦二世国王派遣强大的无敌舰队攻打英国。伊丽莎白一世女王亲赴前线，激励官兵的士气，最后英国人击垮了西班牙的无敌舰队。

战后，奥冬内尔救助了部分西班牙的幸存者，西班牙国王送给他一些珍珠作为礼物以示感谢。因此这些珍珠得到了“无敌舰队”这一名称。这些珍珠是由 4 颗珍珠组成，其中最大的珍珠直径约有 2.5 厘米，最小的直径约有 2 厘米，每颗珍珠均带有美丽的晕彩，总重 34.98 克拉。奥冬内尔把无敌舰队珍珠传给了他的继承人。最终，这些珍珠成为玛丽·奥冬内尔的财产。

1924 年，有人带着无敌舰队珍珠来到温布莱的帝国博览会。那里的一名专家检查了这些珍珠后，承认它们是非常独特的珍珠，并建议这些珍珠应该得到妥善保护。后来，厄内斯特·查普曼把无敌舰队珍珠保存在一处安全场所，并且不允许把这些珍珠拿出去展览。

帕拉提那特珍珠与英国皇室的不解之缘

帕拉提那特珍珠呈泪滴形，重约 12 克拉，珠体呈白色，圆顶部呈黑色，光泽极强。它曾排在巴伐利亚韦特尔斯巴赫家族最有价值珍宝中的第二位。这颗珍珠首次引起人们的注意，是在 1711 年杜塞尔多夫的财产目录中。

帕拉提那特珍珠现被镶制在一件钻石饰品上，这件饰品形似一个奖杯，为3条互相缠绕的蛇托着。韦特尔斯巴赫拥有大量的优质珍珠以及很稀有的带有暗色部分的河珠。后来这串珍珠项链为英国女王伊丽莎白一世拥有。伊丽莎白一世对珍珠具有特殊的爱好，她经常佩戴珍珠，并把珍珠装饰在衣服上。凯瑟琳十分惦记伊丽莎白一世手中的这串珍珠项链，曾试图重新买回原属于自己的这条项链，她不断地写信并派出使节前往交涉，但毫无结果。伊丽莎白一世女王去世后，玛丽·斯图尔特的儿子詹姆斯一世继位，并且继承了这串珍珠项链。

镶珍珠的金杯

詹姆斯一世又将这串项链送给了女儿——波希米亚的伊丽莎白女王。而后，在伊丽莎白的女儿索菲娅结婚时，她又将这串项链送给了索菲娅。索菲娅与汉诺威所生的儿子后来成了英国的威廉四世国王，他把这串历史悠久的珍珠项链拿走，归入了英国皇家珠宝。

戴安娜王妃生前佩戴过的“珍珠泪”王冠

珍珠与王室分不开，与王冠更是紧密相连，几乎每顶威严气派的王冠都离不开珍珠的衬托和装饰。诸如英皇的圣爱德华王冠、叶卡捷琳娜二世大皇冠、瑞典约瑟芬王冠、伊朗法拉王后王冠等都装饰了许多珍珠。最让人感叹的是一顶与戴安娜王妃有关的“珍珠泪”王冠。

王冠顶部的钻石可以自由拆卸，转换成珍珠

“珍珠泪”王冠因为王冠上镶嵌的珍珠造型很像女人的泪滴而得名，是玛丽王后在1913年命珠宝匠仿制她祖母剑桥公爵夫人的王冠制造的。冠身全部用白银打造而成，原先顶部装饰有珍珠，自由拆卸的款式设计使拥有者可以根据爱好随意更换宝石的种类。1981年7月29日，威尔士亲王查尔斯与戴安娜在白金汉宫举行了盛大的婚礼。英国女王伊丽莎白二世将“珍珠泪”王冠赐予了威尔士王妃戴安娜。此时，顶部的珍珠已被转换成了钻石，而拆卸下来的部分珍珠被制作成了与王冠相配的首饰。

事实上，这段看似颇具浪漫色彩的王子与“灰姑娘”的婚姻却并不那么纯粹，查尔斯最后相中戴安娜，是因为她基本能满足王室的苛刻条件。婚后，戴安娜对王室的生活极不适应，繁文缛节、清规戒律、隔阂冷漠令她备感紧张、孤独、无助。最终戴安娜因车祸惨死塞纳河畔。也许“珍珠泪”本身具有一种“邪恶”的力量，充满了诅咒，它所见证的爱情并不完美，甚至还充满了“珍珠泪”似的悲情。

戴安娜与“珍珠泪”王冠